Shame
von der Schande zum Glück

Autor: Annemarie Pätz

Illustrator: Katharina Pätz

Dieses Buch ist meiner Freundin
Judith gewidmet,
denn sie war meine Inspiration
und meine Motivation.

Kapitel 1

Ich habe dich je und je
geliebt, darum habe ich
dich zu mir gezogen
aus lauter Güte.
Ich will dich wieder bauen,
und du sollst aufgebaut
werden,

Jeremia 30,3-4

Die Dunkelheit hatte sich über Matt gelegt. Auf den Straßen fuhren Kutschen mit elegant gekleideten Damen und Herren, die sich aufgeregt in den Wägen unterhielten. Eine Gruppe von jungen Männern jagte auf Pferden an den Kutschen vorbei durch die Gassen. Trotz des sicheren Ganges der Tiere konnte man durch den unsicheren Halt der Reiter im Sattel erkennen, dass sie sich bereits in einigen Lokalen aufgehalten hatten. Sie ritten an den Rand der Stadt zu einem Haus mit geschlossenen Fenstern. Vor dem Gebäude standen einige Damen, die sofort beim Eintreffen der Truppe die Zügel nahmen und die Tiere mit einem deutlichen Blick zu den Männern hinter das Haus führten. Zwei der Männer torkelten nur einige Meter bis sie sich in die Arme einiger Frauen fallen ließen. Die anderen beiden traten ein und wurden sofort von dem Geruch von billigem Parfum und einigen Frauen in Empfang genommen. Matt vertröstete jedoch die Damen mit einem Kuss auf die Wangen und bat darum, dass man ihm heute einer ihm noch Unbekannten vorstelle. Er wurde in einen Raum geschoben, ihm wurde „30 Minuten" zugeraunt und dann die Tür hinter ihm geschlossen. Abgesehen von einem sehr klapprigen Bett war der Raum leer. Matt erblickte in einem spärlichen Licht ein an der Wand stehendes, sehr leicht bekleidetes Mädchen. Ihre langen, dunklen Haare umspielten ihre zarten Schultern. Das Mädchen hob den Kopf und sah ihn mit einem ängstlichen, sehr starren und leblosen Blick an. Er vermutete sie würde ihn nicht sehen, da er im Schatten des Bettes saß, er betrachtete sie. Sein Blick wanderte von den großen braunen Augen über ihre Stuppsnase zu den vollen Lippen. Sein Blick glitt weiter über ihre Brust und den flachen Bauch zu ihren abgemagerten Beinen. Gerade spürte er das Bedürfnis sich wie ein ausgehungertes, wildes Tier auf sie zu stürzen, da erblickte er die Narben. Die Narbe, die sich wie ein schmalerStrich über ihre Stirn bis zum Kinn zog, die wie quer über ihren schmalen Hals lag und die riesige Narbe über ihrem Bauch. Er sah lauter blaue Flecken und Striemen. Matt sank in sich zusammen: „Was hat man mit ihr getan? Wer könnte so etwas tun?" Plötzlich kamen ihm unzählige Bilder in den Kopf, Bilder von den Vergnügungen, die er selbst ohne auf die Gefühle zu achten, mit den Prostituierten getrieben hatte. All die Bilder von den Verletzungen, die er ihnen zugefügt hatte, wenn er wütend war. Er dachte an all die Momente, in denen er sich wie ein Tier und nicht wie ein Mensch aufgeführt hatte. Wie konnte er nur solchen Geschöpfen, die Respekt verdienten, so etwas antun? Was hatte er getan? Plötzlich sprang er auf. Das Mädchen zuckte leicht zusammen und senkte ihren Kopf. Er betrachtete sie kurz und hauchte schließlich: „Es tut mir leid." Er öffnete die Tür und stürmte aus dem Bordell. Er hatte keine Augen für die Frauen, die versuchten ihn mit aufreizenden Blicken zu verführen. Er schwang sich auf sein Pferd und verschwand im Getümmel der Kutschen und Pferde.

An dem riesigen Gebäude, dass er sein zu Hause zu nennen versuchte, ritt er in den Stall, band sein Pferd an und ließ sich in einen Strohhaufen fallen. Er wollte jetzt nicht mit der Verwirrung, die in ihm herrschte ins Haus gehen und womöglich noch einem Familienmitglied begegnen. Er kniff seine Augen zusammen und versuchte zu verstehen, was gerade passiert war und was in ihm vorging.

Matt schrak hoch, die leblosen braunen Augen des Mädchens verfolgten ihn in seinen Träumen. Er wischte sich mit seinem Ärmel den Schweiß von der Stirn. Was war los mit ihm? Oft wurde er von Blicken einiger junger Frauen verfolgt. Von romantischen, ihn begehrenden Blicken und sie zauberten ihm ein Lächeln aufs Gesicht und trieben ihm nicht Schweiß ins Gesicht. Er versuchte das Gefühl, das er dabei hatte einzuordnen. Er versuchte sich zu erinnern, wann er dies schon einmal gefühlt hatte. Seine Erinnerungen verschlugen ihn in sein fünftes Lebensjahr. Damals hatte er beim spielen im Haus, obwohl es eine Mutter verboten hatte, eine wertvolle Vase herunter geschmissen. Es war die

Lieblingsvase seiner Mutter. An diesem Tag hatte er versucht seiner Mutter aus dem Weg zu gehen und doch verfolgten sie und die Scherben ihn bei allem was er tat. Er fühlte sich erst besser als er seiner Mutter davon erzählt hatte und sich entschuldigt hatte. Er wusste welches Gefühl ihn damals gequält hatte, Schuldgefühle. Doch warum bewegte ihn dieses Gefühl jetzt erneut? Er hatte nie Schuldgefühle gehabt, da er immer der Meinung war, stets das Richtige zu tun. Wieder dachte er an das unbekannte Mädchen, das ihm diese Gefühle bescherte. Diese Gedanken bereiteten ihm Bauchschmerzen. Er spürte, dass er all die Jahre etwas falsch gemacht hatte, er spürte den Drang etwas tun zu müssen, sonst würde ihn der aus dem Schlaf reißende Blick ewig verfolgen. Er musste dieses Mädchen von ihren Qualen befreien und zu sich holen. Er sprang wieder auf die Füße und schwang sich auf sein Pferd. Matt flog durch die Gassen zu dem Ort vor dem er vor ein paar Stunden geflohen war. Obwohl es ihm schwer fiel, versuchte er den Blicken der Frauen zu widerstehen und ließ sich wieder in dasselbe Zimmer schieben. Als hätte sich das Mädchen nicht bewegt, stand es wieder regungslos an der Wand. Matt machte ein paar eilige Schritte auf sie zu und nahm ihre Hand. Er riss seinen Blick von dem fast nackten Körper, den er dabei sah, los und versuchte ihr in die Augen zu schauen. Sie schaute aber zu Boden als hätte sie ihn gar nicht bemerkt. Also versuchte er sie zur Tür zu ziehen: „Komm. Ich hole dich hier heraus. Folge mir, bei mir wirst du es besser haben als hier." Sie rührte sich jedoch nicht. Erst jetzt bemerkte er wie unmöglich sein Vorhaben war. Selbst wenn er sie dazu bewegen könnte mit ihm zu gehen, wie sollte er sie hier rausholen ohne von einem der Türsteher aufgehalten zu werden. Entmutigt ließ er die Hand, die er vor einigen Minuten noch voll Entschlossenheit genommen hatte, fallen. Er ließ die Schultern sinken und sah zu Boden. Doch dann hob er seinen Blick: „Ich werde eine Lösung finden." Mit diesen Worten ließ er das Mädchen im Raum stehen und verschwand.

Matt ritt jedoch nicht in die Richtung aus der er gekommen war. Er ritt in die andere Richtung. Aus der Stadt in den Wald, durch den Wald zu einer Wiese. Hier blieb er stehen, stieg ab und ließ seinen Blick über die Wiese schweifen. Tau stieg aus dem Gras empor und am Horizont konnte man die Sonne aufgehen sehen. Matt setzte sich auf einen herumliegenden, abgebrochenen, dicken Ast. Er stütze seinen Kopf in seine rauen Hände und schüttelte seinen Kopf: „Was hab ich mir nur dabei gedacht?" Er hob seine Augen und blickte zu seinem Pferd, das sich an dem Gras bediente, als ob er eine Antwort von ihm erwarte. Matt seufzte. Das Beste wäre, wenn er das alles vergessen würde und so weiter machen könnte wie vorher. Doch das konnte er nicht, nicht nachdem ihm klar wurde, dass es falsch ist. Da sah Matt plötzlich das Gesicht seiner Großmutter vor sich. Er erinnerte sich, dass sie ihm immer von Gott erzählt hatte. Sie erzählte, dass er jeden Menschen liebt und Sünde vergeben will, wenn wir um Vergebung bitten. Sie sagte auch immer, dass er uns manchmal ein Zeichen schickt und wir von einem Moment auf den anderen erkennen, was wir falsch gemacht haben und dass wir umkehren können. Matt erinnerte sich noch genau wie er abends am Bett mit dieser lieben Frau gebetet hatte. Er hatte diese Momente gemocht. Doch als er älter geworden war und seine Großmutter gestorben war, verschwanden diese Momente. Matt atmete tief ein: „Kann ich wirklich wieder kommen? Nachdem ich mich so verhalten habe?" Wieder atmete Matt tief ein und versuchte mühsam ein paar Worte zu formen: „Ich weiß nicht wie man betet und ich weiß nicht ob du mir jemals verzeihen kannst. Aber ich bitte hier um Vergebung für das was ich getan habe. Ich bitte um Vergebung für all die demütigenden Dinge die ich Frauen angetan habe. Ich bitte um Vergebung für all die Male in denen ich falsch gehandelt habe. Bitte vergib mir, ich möchte mich ändern und bitte zeige mir eine Lösung dieses Mädchen zu retten."
Die Sonne war nun ganz aufgegangen und die Wiese erschien in

einem saftigem Grün. Matt hörte von weitem die Kirchenglocken die zum Gottesdienst einluden. Er spielte ein wenig mit dem Gedanken den Gottesdienst zu besuchen, bevor er sich aufsetzte und auf seinem Pferd zurück in die Stadt ritt. Er blieb jedoch einige Meter vor dem schönen Gebäude stehen und beobachtete all die Leute, die in die Kirche strömten. Er bewunderte all die schönen Kleider und das strahlende Lächeln das auf all diesen Personen lag. Dann neigte er seinen Blick und betrachtete sich selbst. Seine weite, braune Hose war verdreckt und sogar ein wenig eingerissen. Sein weißes Hemd fiel locker über sie. Seine Stiefel waren von Flecken aus dem Stall übersät und das einst so glatte Leder war aufgeraut. Matt schüttelte den Kopf: „Ich kann so nicht in die Kirche gehen! Was werden sie denken wenn jemand wie ich sich in diesem Haus blicken lässt?" Betreten und mit hängendem Kopf wandte er sich ab.

Das Haus schien leer, was ihm äußerst gelegen kam, er wollte seiner Familie nicht begegnen. Er schlug die Tür hinter sich zu und sah in seinen Raum hinein. Er betrachtete ihn genauer, denn sonst sah er in diesem Raum nur die Schatten, die die schützende Nacht hervor brachte. Er betrachtete all die Bücher seines angefangenem Medizinstudiums, welches er aber neben seinen nächtlichen Ausflügen immer mehr vernachlässigt hatte. Er nahm sich das oberste Buch, schlug es auf und vertiefte sich in den Aufbau des menschlichen Skeletts.
Er wurde aus seinen Gedanken gerissen, als es an der Tür klopfte und seine Mutter eintrat: „Guten Abend, mein Sohn. Ich sehe du beabsichtigst nicht der Einladung der Jeffersons zu folgen?" Matt sah seine Mutter mit einem Lächeln an: „Nein, liebste Mama. Ich bevorzuge es mich der Medizin zu widmen." Erstaunt zog Felicitas ihre Augenbrauen hoch und verließ mit einem äußerst verwirrten Lächeln, das ihre Verblüffung über das plötzliche Interesse ihres Sohnes an seinem Studium und das liebe Lächeln und die lieben Worte ihr gegenüber, den Raum. Tatsächlich verbrachte Matt den

restlichen Abend bis die Sonne ihre letzten Strahlen zeigte damit, sich in die schon leicht verstaubten Bücher zu vertiefen. Erst als kein Licht mehr den Raum durchdrang, beendete er sein Studium und begab sich wieder an die abgekühlte Luft der Nacht. Sein Vorhaben führte ihn wieder zum Bordell, diesmal aber mit einem unguten Gefühl in der Brust. Wieder ließ er sich in den selben Raum mit dem unbekannten Mädchen führen. Er setzte sich auf den Boden und versuchte dem Mädchen Mut zu zusprechen: „Komm mit mir, bitte. Ich tu dir nichts. Bei mir wirst du es besser haben als hier." Doch das Mädchen weigerte sich mitzukommen und rührte sich nicht einen Zentimeter vom Fleck. Traurig sah Matt sie an: „Ich komme wieder." Denn das war das Versprechen, was er sich selbst gegeben hatte und dieses Versprechen wollte er auch halten.

Die nächsten Tage verbrachte er damit, sich am Vormittag in seinen Büchern zu vertiefen und abends schlich er sich aus dem Haus um sich in das Zimmer des Mädchens zu setzen. Oft redete er zu ihr, doch manchmal schwieg er auch. Es war egal ob er redete oder schwieg, ihm war es nur wichtig ihr zu zeigen, dass er nichts böses wollte und sie auch nicht gegen ihren Willen anfassen werde. Seine Art, ihr das zu zeigen, schien jedoch keine Wirkung zu zeigen.

Die Tür wurde gerade hinter ihm geschlossen, das schritt Matt zur Theke. Sie stand im Raum und hinter ihr eine etwas ältere, grimmig aussehende Frau. Matt räusperte sich um ihre Aufmerksamkeit zu bekommen und als sie ihn ansah, fragte er: „Wie heißt sie?" Er deutete mit einem Nicken auf die Tür aus der er gerade gekommen war. Die Frau zeigte immer noch keine Spur von Freundlichkeit: „Die heißt Shame." „Wer hat sie so genannt? "fragte Matt mit einem verwirrten und verständnislosen Blick. „Was weiß ich. Ihre Mutter hat sie so genannt und der Name passt zu ihr. Sie ist eine Schande. Bisher ist kein Kunde mit ihr zufrieden gewesen. Alle haben versucht sie mit Schlägen zu dem zu bringen was sie tun soll. Doch das dumme Ding tut es nicht." „Ich möchte sie ihnen gern abkaufen. Wie viel wollen sie?" Mit einem schnippigen Blick betrachtete die Frau ihr Gegenüber und schrieb schließlich eine Zahl auf einen Zettel. Matt überlegte nicht lange, machte der Frau zu verstehen, dass er bald wiederkomme und eilte aus dem Raum. Wie der Wind ritt er durch die Straßen und kam nach einiger Zeit mit einer Kutsche zurück. Jetzt bezahlte er die erwünschte Summe.

><

Die Tür öffnete sich und sie sah die selben abgewetzten Schuhe, die sie jetzt schon einige Male gesehen hatte. Eine Hand streckte sich ihr entgegen und jetzt erkannte sie, dass es tatsächlich der selbe Mann war, der schon mehrmals in den Raum getreten war und sich vor sie gesetzt hatte. Kam er jetzt um sie mitzunehmen wie er es immer gesagt hatte? Sie wusste nicht warum, aber aus irgendeinem Grund vertraute sie ihm. Shame legte zögernd ihre Hand in seine und wurde aus dem Raum geführt. Der leichte Zug dieses Mannes führte sie durch die Tür in eine Kutsche. Eine liebevolle, beruhigende, ihr sehr gut tuende Stimme flüsterte ihr zu: „In der Kutsche liegt ein Kleid, du kannst es dir überziehen. Vertrau mir." In Shame begann sich die Angst breit zu machen. Was machte dieser Mann mit ihr? Wo brachte er sie hin? Wurde sie wieder in ein anderes Bordell geschafft? Sie nahm das Kleid in ihre Hand und schlüpfe hinein. Die Kutsche stoppte vor einem großen, prunkvollem Haus. Die Tür wurde von außen geöffnet und er reichte ihr seine Hand zur Hilfe. Sie nahm diese Hilfe auch dankbar an, ließ sie jedoch sofort wieder los, als ihre nackten Füße den Boden berührt hatten. Sie kniff dabei ihre Augen leicht zusammen und versuchte den Schmerz,, der durch die Steine verursacht wurde zu verbergen. Der Mann deutete in dem er den Arm hob, dass sie zum Haus gehen solle. Langsam und unsicher kam sie dieser Forderung nach. Als sie durch die große Eingangspforte getreten war, stand sie in einem großen Saal von dem aus man durch viele Türen in weitere Zimmer gelangen könnte. Sie folgte dem Mann eine große Treppe hinauf und wurde in ein Zimmer geführt. In dem prunkvollem Raum stand ein schön verziertes Bett, eine Waschkommode und ein großer Schrank. Angst kroch in ihr hoch. Was sollte das alles? Was hat dieser Mann mit ihr vor? Warum hat man sie mit ihm mitgehen lassen? Hinter ihr wurde die Tür geschlossen. Sie bewegte sich nicht vom Fleck und blieb regungslos stehen. Wenig später wurde die Tür wieder geöffnet und der fremde Mann stellte ein Tablett auf dem Tisch ab und drehte sich zu ihr um und sprach mit einer sanften Stimme: „Du wirst jetzt hier wohnen und nicht mehr zu diesem furchtbaren Ort zurückkehren. Hier wird dir nichts passieren. Keiner wird dich anrühren oder dir weh tun. Du wirst hier so leben wie die Tochter des Hauses." Ein Schauer lief über ihren Rücken. Was hatte er gerade gesagt? Was hatte dies zu bedeuten? Der Mann kam ein paar Schritte auf sie zu: „Ist das in Ordnung für dich?" Sie schwieg. „Oder soll ich dich wieder zurück bringen?",fragte er voll mit Sorge. Tränen schossen ihr in die Augen und sie hob für einen kurzen Moment den Kopf und sah ihn verschwommen mit einem ängstlichen Blick an: „Nein, bitte nicht!"

><

Zum ersten Mal hatte er ihre Stimme gehört. Sie war wunderschön und doch versetzte sie ihm einen Stich ins Herz. Sie klang so furchtbar ängstlich und verletzt. Obwohl sie zu Boden sah, konnte er eine Träne an ihrer Wange herunterlaufen sehen. Er konnte nur erahnen, was dieses Mädchen für einen Schmerz in sich trug und wie verletzt sie sein musste. „Ich komme morgen wieder. Wenn du etwas brauchst, ruf die Dienerschaft", er schwieg kurz, dann schaute er sie lächelnd an, „ich heiße übrigens Matt." Er schloss die Tür hinter sich und atmete tief durch. Er dachte an sie, wie sie in dem schlichten blauen Kleid vor ihr stand.

So wunderschön und doch so verletzlich und ängstlich.

Die Nacht brach herein und es war das erste Mal seit langer Zeit, dass Matt sie im Haus verbrachte und nicht durch die Dunkelheit zog. Mit seinen angeblichen Freunden, hatte er nichts mehr zu tun. Seit er die Angebote, die Nacht in Lokalen und Bordellen zu verbringen abgelehnt hatte, hatten sie sich von ihm abgewandt. Doch er würde neue Freunde finden. Er hatte bereits Jonathan kennen gelernt. Jonathan hatte ihn vor der Kirche stehen sehen, nachdem er ein weiteres mal versucht hatte den Gottesdienst zu besuchen. Doch wieder war er vor dem Gebäude stehen geblieben. Jonathan hatte ihm Mut zugesprochen und ihm gesagt, dass es Gott nicht um seine Vergangenheit geht, sondern um die Entscheidung dieses Leben hinter sich zu lassen. Er schaut nicht auf das Äußere, sondern auf das Herz. Seitdem hatte er viel mit Jonathan gemacht und sie hatten gute Freunde ineinander gefunden. Vor dem Bett kniend faltete Matt die Hände. „Ich danke dir, dass du mir die Möglichkeit gegeben hast, dieses Mädchen aus ihren furchtbaren Verhältnissen zu befreien. Aber bitte zeige mir was ich mit ihr machen soll. Bitte hilf mir dabei und hilf mir auch liebevoll und geduldig mit ihr umzugehen."

><

Shame schlug die Augen auf. Helle Sonnenstrahlen durchfluteten den Raum. Obwohl sie diese Nacht nur mit Angst und Tränen überstanden hatte, huschte ein kleines Lächeln über ihr Gesicht. Sie genoss wie die Sonnenstrahlen auf sie fielen. Sie hatte geglaubt, dass dies nie zu spüren sei. Sie hatte geglaubt für immer in diesem dunklen, kalten, angsterfülltem und ekelhaften Gefängnis sitzen zu müssen. Da klopfte es an der Tür und sie zog sich schnell die Decke über den Kopf. Die Tür wurde geöffnet und zwei Personen traten ein. Sie flüsterten etwas unverständliches und die Tür wurde wieder geschlossen. Eine Person war im Raum geblieben und setzte sich an die Bettkante. Eine nette und klare

Frauenstimme ließ sie ihre Verkrampfung lösen und ihren Puls sinken: „Guten Morgen, Kleine." Vorsichtig schlug Shame die Decke weg und setzte sich auf. Sie sah einer leicht rundlichen Frau in die Augen. Ihre braunen Haare hatte sich sich hochgesteckt. Obwohl Shame die Frau nicht kannte fühlte sich sofort geborgen, als sie in ihre freundlichen und liebevollen grünen Augen sah. Die Frau schaute sie ein wenig an, fasste sich jedoch und nahm die zarten Hände des Mädchens in ihre weichen Hände: „Ich bin Clarissa und werde dich ab sofort überall hin begleiten und dir helfen", dabei lächelte sie noch mehr, „komm, jetzt gehen wir dich erst einmal frisch machen." Wenig später saß Shame an dem Frisiertisch und Clarissa war damit beschäftigt ihre langen, dunklen Haare hoch zu stecken. Als sie ihr auch ein schlichtes aber schönes Kleid angezogen hatte, klopfte es an der Tür. Sie ahnte, wer eintreten würde und senkte schnell den Blick.

><

Matt betrat gerade mit einem Tablett, auf dem das Frühstück für Shame angerichtet war, den Raum. Da stand sie einige Meter entfernt von ihm da. Matt hielt für einen kurzen Moment den Atem an. Ihr Haar war kunstvoll hoch gesteckt und nur ein paar einzelne Strähnen umspielten das blasse, kränklich aussehende und viel zu schmale Gesicht. Erst als er sie bei Tageslicht gesehen hatte wurde ihm noch deutlicher bewusst wie grausam das gewesen sein musste, was man mit ihr getan hatte. Clarissa kam mit kleinen, hektischen Schritten auf ihn zu geeilt, nahm ihm das Tablett aus der Hand und deutete ihm mit ihren Augen, er solle wieder gehen. Matt ahnte, dass Clarissa erst einmal selbst eine Beziehung zu Shame aufbauen wollte, bevor sie ihm die Gelegenheit dazu gab.

><

Diese Tage verbrachte Shame mit Clarissa in ihren Räumen. Der Mann kam auch nicht vorbei und so konnte sie ihr Vertrauen zu Clarissa stärken. An einem Tag nahm Clarisaa sie an der Hand und führte sie aus ihrem Raum. Als Clarissa ihren ängstlichen Blick bemerkte, wandte sie sich zu ihr: „Keine Angst. Wie werden heute mit der Kutsche raus fahren. Nur wir zwei." Der ängstliche Blick wurde von einem erwartungsvollem Blick abgelöst. Clarissa drückte ihre Hand liebevoll etwas fester und lächelte ihr ermutigend zu. Sie wurde in die Kutsche geführt, welche sich nachdem die Tür geschlossen wurde, langsam in Bewegung setzte. Sie fuhren ein wenig durch die Stadt. Obwohl sich Shame´s Gesichtsausdruck kaum änderte konnte man an ihren Augen die Begeisterung erkennen. Clarissa beobachtet sie. Wie lange muss sie das nicht gesehen haben, um sich so an diesem Anblick zu freuen?"

Clarissa kämmte gerade die langen Haare des Mädchens als Shame ihr plötzlich eine Frage stellte: „Hast du Kinder?" Sie drehte sich zu der liebevollen Frau um und konnte zum ersten Mal Traurigkeit in ihren Augen sehen, während sie den Kopf schüttelte. „Willst du keine?", fragte Shame weiter. „O, doch. Ich hätte liebend gerne Kinder. Ich würde sie über alles lieben. Doch ich konnte nie welche bekommen. Die Ärzte wussten nicht warum. Aber soll ich dir etwas zu sagen: Ich liebe dich als wärst du mein Kind und das obwohl ich dich erst seit ein paar Tagen kenne." Liebevoll gab sie Shame einen Kuss auf die Stirn, dieser schossen die Tränen in die Augen. Aber es waren keine Tränen die durch Schmerz entstehen. Es waren Tränen der Dankbarkeit: „Wirklich?", fragte sie mit feuchten Augen. Clarissa nahm sie in den Arm: „Aber natürlich." „Du bist die erste Person, bei der ich mich wie ein Mensch fühle und nicht wie ein Objekt." Jetzt flossen auch Clarissa die Tränen über die Wange und sie drückte das zerbrechliche Kind noch fester an sich.

><

Mittlerweile waren weitere Tage vergangen und Matt konnte es langsam nicht mehr erwarten, Shame zu besuchen. Er wusste nicht warum aber dieses Mädchen beeindruckte ihn. Er fühlte sich zu ihr hingezogen, aber auf eine ihm noch völlig unbekannte Art. Gerade versuchte er seine Gedanken an sie zu verdrängen, da klopfte es an der Tür und Clarissa trat ein. Sofort verspürte Matt eine leichte Unruhe in ihm. Clarissa bemerkte seinen hoffnungsvollen, ungeduldigen Blick und fing endlich an zu reden: „Ich denke, sie können zu ihr." Sofort sprang Matt auf und wollte aus dem Raum hasten, doch hielt er kurz inne und wandte sich an Clarissa. Er umarmte sie und flüsterte ihr ins Ohr: „Danke und bitte nenne mich einfach Matt." Clarissa sah mit einem Grinsen dem nervösem Mann hinterher.

Vor der Tür kam Matt zum stehen und atmete noch einmal tief durch bevor er anklopfte und den Raum betrat. Er konnte gerade noch erkennen, dass Shame zusammenzuckte und den Blick senkte. Er merkte, dass sie ihm immer noch nicht ganz vertraute, doch er konnte es ihr nicht verübeln. Er fragte verlegen: „Geht es dir gut? Verstehst du dich gut mit Clarissa?" Shame nickte. Nur dieses Nicken ließen ihn innerlich Freudensprünge machen, denn jede Reaktion ihm gegenüber war ein kleiner Erfolg. Er blieb noch einige Minuten ihm Raum stehen, bevor er ihn mit klopfendem Herzen verließ. Er ging zu einem Fenster und betrachtete die Blumenwiese, die dem edlen Gebäude ein leicht natürliches Aussehen verlieh. Er ließ seine Gedanken schweifen und sein suchender Blick spiegelte diese wieder.

><

Shame atmete tief durch. Sie hatte Angst vor Männern. Vor ihren Blicken und ihren Trieben. Sie hatte auch vor diesem Mann Angst und doch fühlte sie sich wohl in seiner Gegenwart. Er brachte sie völlig durcheinander. Sie setzte sich gerade verwirrt auf den schön verzierten Stuhl und betrachtete ihre Hände, als die Tür aufgerissen wurde. Sie hob den Kopf nicht. Sie konnte die Stiefel und somit seine Anwesenheit erkennen. Er blieb kurz stehen, ging dann mit großen Schritten auf sie zu und kniete sich vor sie. Ihr schnell klopfendes Herz erhöhte sein Tempo als er ihre zarten, kleinen Hände in seine starken nahm. Sie spürte seinen Blick, doch es war ein angenehmes Gefühl: „Ich möchte nicht, dass du weiter Shame genannt wirst. Du bist keine Schande, sondern unglaublich wertvoll. Du verdienst es nicht solch einen Namen zu tragen. Ich möchte dir einen neuen geben. Einen Namen der deine Kostbarkeit zeigt. Ich möchte dich Mary nennen." Nun war sie völlig durcheinander. Sie fühlte sich so unglaublich wohl bei ihm und jetzt hatte er auch noch diese wunderschönen Worte zu ihr gesprochen. Sie wollte ihm in die Augen blicken. Langsam hob sie ihren Kopf und hatte das Gefühl zu schmelzen, als sie ihm in seine blauen Augen sah. Eine Strähne seiner braunen Haare hing ihm in sein kantiges Gesicht. „Meinst du das ernst?" Sie hatte das Gefühl gleich vom Stuhl zu fallen, als er ihr tief in die Augen sah: „Ja, jedes Wort. Du bist nicht wertlos, sondern wertvoll und kostbar. Gott hat dich wunderbar gemacht." Wie konnte er nur wissen, wie sie sich fühlte? Sie fing an zu weinen, obwohl ihr das unangenehm vor ihm war. Matt legte vorsichtig seinen Arm um ihre Schulter und sie wehrte sich nicht. Sie rutschte vom Stuhl neben ihn auf den Boden. Er nahm sie in den Arm und sie kuschelte sich zögernd aber dennoch dankbar an ihn. Es war das erste Mal, dass sie sich wohl und geliebt in den armen eines Mannes fühlte. Sie hörte seinen Herzschlag. Er war ruhiger als ihr eigener und sie spürte wie sich ihrer an seinen anpasste.

><

Sie hatte sich zusammengerollt und er versuchte sie fest zuhalten. Er hatte eine Hand auf ihre Schulter gelegt und spürte deutlich ihr Beben. Er wusste, dass sie gerade all ihren Schmerz in die Tränen legte. Wahrscheinlich war ihr ihre Nähe zu ihm gar nicht bewusst. Er hatte das Gefühl als würde er ein kleines Kind, das sich verletzt hatte in den Armen halten und versuchen es zu trösten. Er wusste nicht wie lange sie da lagen und wie lange er ihr voller Mitleid zuschaute wie sie sich immer wieder verkrampfte. Er hielt sie mit aller Kraft fest, als könne er so die Verkrampfungen lösen. Während er dies tat, betete er ununterbrochen. Er bat um Heilung und Annahme für diese kleine Person, die er in den Armen hielt. Irgendwann spürte er, daß sich ihre Verkrampfungen lösten und sie ruhiger wurde. Er wartete einige Minuten und schob dann vorsichtig eine ihr Gesicht bedeckende Strähne beiseite.

Ein kleines Lächeln umspielte seinen Mund. Er blickte in das friedlich schlafende Gesicht des kleinen Wunders. Behutsam hob er sie hoch und legte sie in ihr Bett. In der Absicht sie nicht zu wecken, legte er vorsichtig die Decke über ihren zarten Körper. Er neigte leicht seinen Kopf, widerstand dann jedoch der Versuchung, ihr einen Kuss auf die Stirn zu geben und trat zur Tür. Mit einem Lächeln und einem liebevollen Blick auf Mary schloss er leise die Tür.

><

Ein Sonnenstrahl kitzelte ihre Nase und sie musste niesen. Sie richtete sich im Bett auf und sah sich um. Sie war allein. Er war verschwunden. Sie stieg aus dem Bett und der Saum des Kleides umspielte ihre schmalen Knöchel. Sie schritt zu dem großen Fenster. Als sie nach draußen schaute, sah sie in den schönen großen Garten, der durch schöne Blumen geschmückt wurde. Auf einer Bank saß Matt und laß in einem Buch. Doch dann legte er es weg und fing an mit jemandem zu reden. Doch mit wem redete er? Außer ihm sah sie niemanden im Garten. Plötzlich legte sich eine Hand auf ihre Schulter und Mary zuckte zusammen. Sie sah in das Gesicht von Clarissa. Diese warf einen kurzen Blick aus dem Fenster und schaute sie dann an: „Du magst ihn?" Mary schüttelte kurz den Kopf und sah dann wieder aus dem Fenster: „Was tut er da? Mit wem spricht er?" „Er betet", als Clarissa den fragenden Blick von Mary sah, wandte sie sich zu ihr: „Er ist Christ und glaubt an den Höchsten, an Gott. Er hat uns geschaffen und liebt uns." In Gedanken versunken beobachtete sie den betenden Mann. Clarissa nahm ihre Hand: „Soll ich dich zu ihm bringen. Du wirst auch niemandem der anderen Herrschaften begegnen. Sie befinden sich gerade nicht im Haus." Sie lächelte: „Meinst du er wird sich freuen?" Clarissa drückte ihre Hand: „Aber natürlich. Er wird begeistert sein." Die beiden Freundinnen eilten aus dem Haus. Ihre kleinen, nackten Füße tapsten eilig über die Steine. Sie stieg über eine Schwelle und schließlich spürte sie das weiche Gras zwischen den Zehen. Mit klopfendem Herzen und langsamen Schritten ging sie auf die Bank zu. Der Stoff ihres Kleides raschelte.

><

Im Augenwinkel sah er eine Gestalt auf ihn zu kommen. Also hob er seinen Kopf und sah in diese Richtung. Matt erstarrte als er Mary erkannte. Sie kam auf ihn zu. Ein Teil ihrer Haare war mit einer Flechtung nach hinten gesteckt und der Rest der langen Haare legte sich in leichten Wellen über ihre Schultern. Sie sah ihn mit ihren großen, dunklen Augen an. Er lächelte: „Du bist zu mir gekommen." Sie nickte. Behutsam nahm er ihre Hand in seine: „Vertraust du mir, Mary?" Wieder nickte sie. Sie setzte sich neben ihn auf die schöne Bank und schloss die Augen. Er konnte deutlich erkennen, dass sie die warmen Sonnenstrahlen auf ihrem Gesicht genoss. „Wie lang hast du nicht mehr unter freiem Himmel auf einer Bank gesessen?", fragte er leise und bereute es auch sogleich, denn er hatte Angst, die Erinnerungen würden sie verletzten. Doch sie schien entspannt und schaute ihn an: „Noch nie." Matt stockte der Atem und seine Magen zog sich zusammen: „Bedeutet das ebenfalls, dass du noch das weiche Gras gespürt und den Duft von Blumen genossen hast?" Sie schüttelte den

Kopf. Plötzlich stand er auf: „Komm, ich will dir etwas zeigen."
Er führte sie zu der an den Garten angrenzenden Wiese. Sie war übersät mit wilden Blumen. Er betrachtete die Schönheit, die von Gott geschaffen wurde. Mary hatte sich neben ihm zu Boden sinken lassen. Sie griff nach einer der Blumen. Matt ließ sich ebenfalls neben sie sinken und nahm ihr die Blume aus der Hand: „Darf ich?" Sie nickte. Ohne die feinen Blütenblätter zu knicken, steckte er ihr die zarte Blume ins Haar und lächelte sie an. Schüchtern und verlegen wandte sie ihren Blick ab.

Kapitel 2

Fürchte dich nicht,
denn ich habe dich erlöst!
Ich habe dich bei meinem
Namen gerufen,
du bist mein.

Jesaja 43, 1

Er führte sie zu ihrer Zimmertür und lächelte sie an. Dann führte er ihre Hand zum Mund und küsste sie flüchtig. Sie wurde verlegen und eine leichte Röte erschien auf ihren Wangen. Dann schaute er sie wieder an: „Meine Familie wird morgen zusammen speisen. Möchtest du mich begleiten und sie kennenlernen. Ich muss zugeben, meine Eltern waren nicht gerade begeistert als ich ihnen mitgeteilt hatte, dass du mit im Haus wohnen wirst. Doch ich glaube, sie werden es verstehen. Ich bitte dich nicht auf ihre Blicke zu achten." Mary schaute ihm tief in die Augen und ein Krippeln durchfuhr sie dabei: „Ich werde mitkommen. Mach dir um mich keine Sorgen."

Die Nervosität war von Beginn des Tages an in ihr vorhanden und wurde stetig mehr, je mehr vom Tag verstrich. Am Abend konnte sie kaum still sitzen, während Clarissa ihr Haar kunstvoll hoch steckte. Matt holte sie ab und sprach ihr noch einmal Mut zu, bevor sie den großen Saal betraten. Ihr Herz klopfte, nur der sanfte Druck von Matts Hand beruhigte sie ein wenig. Obwohl die Mutter sie freundlich ansah, entging ihr der kritische Blick des Vaters nicht. Sie ließ ihren Blick weiter über den Raum gleiten, bis er an dem jungen Mann der ebenfalls mit im Raum saß, hängen blieb. Sie hatte das Gefühl zu Eis zu erstarren, als sie das hämisch grinsende Gesicht erkannte. Matt, der ihren Zustand anscheinend bemerkt hatte, schaute sie fragend an. Mary flüsterte kaum hörbar mit einer kratzigen Stimme: „Schaff mich hier raus, bitte. Ich will hier weg!" Völlig verwirrt entschuldigte er sich bei seinen Eltern und führte sie in den Flur. Ihr Magen begann sich zu verkrampfen, ein Schmerz durchfuhr ihren Brustkorb und Mary konnte sich kaum noch auf den Beinen halten. Sie spürte gerade noch wie ihre Knie einknickten und sie von Matt aufgefangen wurde. Dann wurde ihr schwarz vor Augen.

><

Hektisch eilte er mit Mary in den Armen in sein Zimmer, da dies am nächsten war. Er legte sie in sein Bett. Clarissa kam soeben ins Zimmer geeilt, sie hatte das Geschehnis anscheinend mitbekommen. Doch sie ging sofort wieder hinaus und kam wenig später mit einem nassen Leinentuch wieder. Matt nahm ihr das Tuch ab und legte es vorsichtig auf Marys blasse Stirn. Dann klopfte er ihr leicht auf die Wange: „Wach auf! Mary, wach auf! Öffne bitte wieder deine Augen!" Sein zartes Klopfen ließ er in sanftes Streicheln übergehen. Er saß so einige Minuten da, während Clarissa nervös auf und ab ging. Endlich konnte er eine Bewegung ihres Augenlids wahrnehmen und sie öffnete ihre Augen. Doch ihr Blick war leblos und er hatte das Gefühl sie würde ihn nicht erkennen. Langsam setzte sie sich im Bett auf und sah ihn weiter starr und leblos an. Matt sah sie fragend an: „Was ist mit dir? Geht es dir gut?" Genauso leblos wie sie ihm in die Augen sah, sagte sie: „Das kann ich dir nicht mitteilen." Matt nahm ihre kalte Hand und flehte sie an: „Bitte, sag mir was los ist. Ich möchte nicht das es dir schlecht geht." Mary starrte immer noch mit Tränen in den Augen vor sich hin: „Er war es!" „Wer war es und was war er?" „Der Mann am Tisch." Matt wurde immer verwirrter: „Mein Bruder? Was hat er getan?" Immer mehr Tränen füllten Marys Augen: „Er kam in den Raum und ging auf mich los. Er riss mir die Kleider vom Leib", sie stockte und Matt kniff verletzt seine Augen zusammen, „er drückte mich auf das Bett und dann schlug er auf mich ein. Er riss mit Wucht meine Beine auseinander. Er kam jeden Tag und jeden Tag wurde er brutaler. Ich durfte nichts dagegen tun, denn sonst.... Man weiß nicht, was man mit denen die sich gewährt haben, getan hatte. Nach mehreren Wochen drückte er mich wieder zu Boden und ich sah etwas in seiner Hand aufblitzen. Ein furchtbarer Schmerz durchfuhr meinen Körper und ich spürte wie etwas an meinem Hals, meinem Bauch und meiner Wange herunterlief. Als er auch noch das getan hatte was er immer getan hatte, ließ er mich wie so oft mit einem Tritt im Raum liegen." Mary konnte ihre Tränen nicht mehr zurückhalten und fuhr sich über die Narben, die sie immer wieder an diese Nacht erinnerten. Clarissa kam sofort zu ihr gelaufen und nahm sie tröstend in den Arm. Matt hingegen setzte sich auf und lief dann wankend zum Fenster. Er hatte das Gefühl seine Welt wäre zusammengebrochen. Nicht nur die Qualen und Schmerzen, die Mary ertragen musste, ließen ihm den Atem stocken. Noch mehr entsetze ihn die Erkenntnis, dass das alles sein Bruder getan hatte. Plötzlich wandelte sich sein Entsetzten in Wut und Abscheu gegenüber seinem Bruder um. Er ballte seine Hände zu Fäusten. Er wollte aus dem Zimmer stürmen: bereit seinen Bruder zur Rede zu stellen und handgreiflich zu werden. Doch bevor er aus dem Zimmer gehen konnte, erblickte er die auf dem Stapel liegende Bibel. Erst heute in der Früh hatte er Worte ´Vater vergib ihnen, denn sie wissen nicht was sie tun´ gelesen. Er sank auf seine Knie und verbarg sein Gesicht in den Händen: „Vater, vergib mir meinen Zorn. Und so wie du vergibst möchte ich auch vergeben. Ich vergebe ihm, was er Mary angetan hat. Ich vergebe ihm. Ich vergebe ihm." Je öfter er diese Worte aussprach, desto mehr spürte er, wie die Last von seinen Schultern glitt. Er atmete tief durch. Er vernahm das leise Schluchzen und ihm gefror das Blut in den Adern. Sie musste ihm ebenfalls vergeben. Doch wie erklärt man jemandem, der von Gott noch nichts weiß, dass sie jemandem vergeben soll, der sie so verletzt hat. Mit klopfendem Herzen und wankenden Schritten ging er zu Mary. Doch außer dem Schluchzen hörte er Clarissa leise flüstern: „Ich weiß es ist schwer. Doch uns wurde auch vergeben und wir sollen auch vergeben. Du wirst dich auch besser fühlen danach. Glaub mir, Gott gibt dir die Kraft dazu." Matt fiel ein Stein von Herzen. Clarissa hatte sie bereits vorbereitet. Er setzte sich an die Bettkante und fing ebenfalls an leise zu reden: „Mir hat Gott auch verziehen, obwohl ich furchtbare Dinge getan habe. Er hat mir auch die Kraft gegeben meinem Bruder zu verzeihen. Es ist wichtig, dass wir verzeihen. Denn wenn wir verzeihen, kann uns auch verziehen werden." Mary drehte sich um und sah ihn und

Clarissa an: „Erzählt mir noch mehr von diesem Gott." Die beiden erzählten ihr von ihm und saßen einige Zeit so da. Sie erzählten ihr von der Schöpfung und von Geschichten aus der Bibel. Während den Erzählungen hörte Mary interessiert zu und setzte sich immer mehr auf bis sie aufrecht im Bett saß. Sie erzählten von Jesus, den Sohn Gottes. Er gab sein Leben am Kreuz hin, damit uns unsere Sünden verziehen werden können und der Weg zum Vater wieder frei ist. Als Clarissa und Matt ihre letzten Worte gesprochen hatten, fragte Mary: „Kann ich auch sein Kind werden?" Clarissa nickte. „Aber natürlich. Dein himmlischer Vater freut sich darüber. Wenig später betete Mary. Sie vergab den Leuten, die ihr schlimme Dinge angetan hatten, bat selbst um Vergebung und gab ihr Leben Jesus hin. Als sie die Worte ´ich möchte dir gehören, Jesus´ aussprach, machte Matts Herz Freudensprünge und er fing an zu strahlen.

><

Nachdem Mary die letzten Worte geformt hatte ließ sie für einen kurzen Moment ihre Augen geschlossen. Ein unbekanntes Gefühl begann sich in ihr breit zu machen, ein angenehme Wärme durchflutete sie. Freude erfüllte sie. Eine tiefe, wahrhaftige Freude an ihrem Vater und Gewissheit geliebt und angenommen zu sein. Sie wusste, dass ihr himmlischer Vater sie liebt und gewollt hat. Er hat sie aufgenommen und nennt sie sein Kind. Bei ihm ist sie kein Objekt, das zur Vergnügung genutzt wird. Er freute sich über sie.

><

Matt beobachtete sie, während sie die Augen noch geschlossen hatte und wie sich ein Lächeln über ihre Lippen legte. Als sie ihren Kopf hob und ihn ansah, konnte er ihren toten und ängstlichen Blick nicht mehr finden, statt dessen sah er ein Leuchten in ihren dunklen Augen. Aus ihren Augen sprühten Freude und Leben.

Matt öffnete seine Augen, nachdem er von dem leisen aber doch hörbarem Klopfen eines Spechtes geweckt wurde. Er sah an die Decke und konnte sich ein Grinsen nicht mehr verkneifen, denn er dachte an Mary. Sie war jetzt ein Kind des Höchsten. Eilig kleidete er sich an und nahm sich seine Bibel zur Hand. Er wollte Gott die Ehre geben, bevor er sein Studium weiterführte. Während er einen Vers las, summte leise eine Melodie. Die Melodie summte er immer lauter bis er schließlich aus vollen Leibeskräften das wunderschöne Lied sang, welches sie im Gottesdienst gesungen hatten.

><

Ein Krippeln durchfuhr sie, als Mary ein leises Lied durch die dünnen Wände hörte. Sie konnte Matts Stimme erkennen und hörte deutlich die Liebe und Hingabe zu Gott, die er zum Ausdruck brachte. Da trat auch schon Clarissa in den Raum um ihr beim Ankleiden zu helfen. Während sie ihr gerade das Korsett zu schnürte, fragte Mary: „Wo singt ihr solche Lieder ?" Clarissa wusste was sie meinte: „Wir singen sie Sonntags in der Kirche." Mary wusste nicht was die Kirche ist, denn sie kannte nur das was sie in den Bordellen gesehen hatte. Als Clarissa das Schweigen und den nachdenklichen Blick Marys richtig gedeutet hatte, sagte sie: „Dort treffen sich Christen und beten Gott an. Wir singen Lieder und der Pfarrer ließt aus der Bibel vor." Die Bibel kannte Mary aus den Erzählungen von Matt und Clarissa, doch sie wollte auch das andere, wovon Clarissa erzählt hatte, kennenlernen: „Darf ich auch einmal mit in die Kirche kommen?" Clarissa nickte: „Aber natürlich." Mary lächelte.

Kapitel 3

Gottes Geist will euch
durch und durch erneuern.
Zieht das neue Leben an,
wie ihr neue Kleider anzieht.
Ihr seid neue Menschen
geworden,
die Gott selbst nach seinem
Bild geschaffen hat.
Ihr gehört zu Gott
und lebt so, wie es ihm gefällt.

Epheser 4, 23-24

Angekleidet wartete Mary bis es endlich an der Tür klopfte und Matt eintrat: „Bist du bereit?" Sie nickte und nahm den Arm, den er ihr hinhielt mit einem Lächeln. Sie hackte sich bei ihm ein und zusammen schritten sie aus der Tür. Doch bevor sie nach draußen gehen konnten, blieb Mary vor dem Saal stehen. Matt drückte sie leicht an sich und führte sie vorsichtig an dem Saal vorbei: „Sie sind nicht da. Er ist nicht da. Komm!" Mary entspannte sich als die beiden aus der Tür ins Freie getreten waren. Gemeinsam fuhren sie mit der Kutsche zur Kirche. Matt half ihr aus dem Wagen zu steigen und ihr Kleid fiel sanft auf den Boden und bedeckte ihre Schuhe. Sie hatte das Gefühl eine elegante Dame zu sein und niemand konnte ihre Vergangenheit erkennen, denn das elegante Kleid legte sich wie eine Maske m ihren Körper. Als die die Kirche betreten hatte. war sie überwältigt von all den strahlenden Gesichtern und von der positiven Ausstrahlung, die in den Augen aller leuchtete. Matt führte sie zu einer Bankreihe und Mary ließ sich niedersinken. Wenig später war Mary mitten im Lobpreis. Sie erhob ihre Stimme, um dem, der sie errettet hat, Lob zu geben. Sie lauschte der Predigt aufmerksam und versuchte die Worte des Pfarrers zu verstehen. Sie merkte gar nicht wie schnell die Zeit verging und war sehr überrascht als der Gottesdienst zu Ende ging. Als der Pfarrer sein letztes Wort gesprochen hatte, drehte sich nach ein paar Minuten Matt zu ihr: „Ich möchte dir gerne jemanden vorstellen." Er führte sie zu einem nett aussehenden, blonden, jungen Mann der sich soeben mit einer hübschen, jungen Frau unterhielt. Er beendete das Gespräch jedoch, als er Matt herankommen sah: „Guten Tag Matt, guter Gottesdienst, oder was meinst du?" Matt nickte: „Ja, sehr gut. Ich möchte dir gerne jemanden vorstellen. Das ist Mary." Sie machten einen höflichen Knicks und er verbeugte sich leicht. Mary entging der verblüffte Blick von Matt der die Szenerie beobachtet hatte nicht.

Anscheinend wunderte er sich über ihre Verhaltensweise. Er wusste nicht, dass Clarissa ihr einige Sitten des normalen Lebens beigebracht hatte. Sie lächelte in sich hinein. Der junge Mann lächelte sie an: „Schön dich kennen zu lernen. Ich bin Jonathan." Mary deutete anhand seines erstaunten Blickes, dass Matt ihm nicht viel von ihr erzählt hatte. Doch das missfiel ihr keineswegs, denn so bestand die Möglichkeit seiner Unwissenheit über ihre Vergangenheit. Mary entging das breite Grinsen Matts, das er hinter ihrem Rücken seinem Freund zuwarf. Clarissa tippte Mary leicht auf die Schulter und schaute Matt an: „Du kannst sie doch nicht nur Männern vorstellen. Ich werde sie jetzt in die Frauengruppe entführen." Mary folgte ihr zu einer kleinen Frauengruppe mit laut lachenden und strahlender junger Damen. Mary wurde jeder einzelnen vorgestellt. Eine der Frauen strahlte sie besonders lange an, bevor sie Mary kurz zur Seite nahm: „Ich möchte dich liebend gern zum Tee einladen. Würdest du mir die Ehre erweisen und mich heute Nachmittag aufsuchen?" Ihr Name war Annabelle und Mary kam dieser Einladung nur allzu gerne nach.
Diesmal war es Matt der sie sanft an der Schulter fasste und ihr und Clarissa einen fragenden Blick zuwarf. Diese verstanden ihn und verabschiedeten sich von den Mädchen.
Auf der Heimfahrt berichtete Mary Matt von ihren Plänen des Nachmittags. Dieser freute sich unglaublich für sie und schon ein wenig später saß sie nervös in der Kutsche und fuhr zu Annabelle. Als sie ausgestiegen war, betrachtete sie das prunkvolle Gebäude das sich vor ihnen in den Himmel erstreckte. Ein Bediensteter kam ihr entgegen und führte sie durch die große Eingangstür ins Haus. Dort wurde sie bereits stürmisch empfangen. Annabelle umarmte Mary herzlich und ging mit ihr in den Saloon. Die zwei Damen ließen sich auf einem der Sofas nieder und ließen sich Tee bringen.

Als Annabelle einen Schluck genommen hatte, fing sie auch schon aufgeregt an, Mary mit tausend Worten zu verwirren. Sie berichtete ihr von der Freude über Marys Besuch, über ihr Gefallen am heutigen Gottesdienst, von den aufbauenden Worten des Pfarrers, das schöne Wetter und das Wohlschmecken des Tees. Mary empfand immer mehr Sympathien für diese fröhliche, mit Worten sprudelnde Frau. Schon nach kurzer Zeit waren die Beiden in ein Gespräch vertieft und konnten sich Freundinnen nennen.

Als Mary nach einigen Stunden nach Hause fuhr, war sie froh einen weiteren Menschen in ihr Herz geschlossen zu haben und so konnte sie an diesem Abend sanft einschlafen.

><

Nebel stieg aus dem Gras empor und die Vögel begannen mit ihrem Morgenlied. Die Hufen eines Pferdes stampften leicht in den feuchten Boden. Es verlangsamte seine Tempo und Matt stieg ab. Mit lockerem Griff führte er das stattliche Tier neben sich her. Seine Gedanken kreisten immer wieder um Mary und ihre Geschichte. Er wusste nicht, wie er sich seinem Bruder gegenüber verhalten sollte. Er hatte ihm mit Gottes Kraft verziehn, doch was sollte er jetzt tun. Er würde die Kraft mit ihm zu leben vielleicht aufbringen können. Doch was war mit Mary? Auch wenn sie verziehn hatte, so hatte sie es nicht verarbeitet. Sie müsste fort von hier. Er muss sie an einen Ort bringen an dem sie Gott mit seiner Liebe heilen konnte. Sie war seine kleine Schwester geworden. Er kannte dieses Gefühl nicht, denn er hatte ein Mädchen noch nie auf diese Art und Weise lieb gewonnen. Er musste sie von hier fort bringen. Doch wohin? Plötzlich wusste er wohin. Er schwang sich wieder auf seinen Hengst ritt nach Hause.

Mary kam soeben aus dem Ankleideraum, al er das Zimmer betrat. Er blieb wenige Meter vor ihr stehen und teilte ihr seinen Plan mit: „Bitte packe ein paar Dinge ein. Du wirst für ein paar Wochen verreisen." Überrascht folgte sie seinen Anweisungen. Als die beiden mit einigen Koffern zur Kutsche kamen, stand Clarissa bereits wartend davor. Sie stieg ein und gemeinsam fuhren sie davon.

><

Mary wusste nicht wohin sie fuhren, aber sie hatte das Gefühl, dass sie es ihretwegen taten. Je weiter sie fuhren, desto nervöser wurde sie und anhand der leichten auf und ab Bewegung von Matts Fuß konnte sie erkennen, dass er genauso nervös war. Die Kutsche stoppte und sie stiegen aus. Ein Haus erstreckte sich vor ihren Augen und hinter dem Haus konnte sie die Umrisse eines Sees erkennen. Matt führte sie zum Haus. Er zeigte ihr die Räumlichkeiten und wollte sich dann verabschieden: „Ich muss einige Dinge klären und ich dachte es wäre besser wenn du einige Tage verreisen würdest. So musste du manche Dinge nicht sehen und kannst Erinnerungen vergessen und verarbeiten." Mary wusste was er meinte, auch wenn sie nicht verstehen konnte, wie sie von ihrer Vergangenheit Abschied nehmen sollte. Denn noch immer kämpfte sie mit Angst und Verletzungen
beim Anblick von Männern. Und auch wenn das Verhältnis zu Freunden besser war so fiel es ihr selbst in solchen Beziehungen schwer Vertrauen auf zu bauen. Zu sehr wurde sie von ihnen wegen ihrer mangelnden `Fähigkeiten` gedemütigt. Sie merkte, dass er sie ansah und sie schaute zu ihm hoch. Aus seinen Augen sprach Nervosität: „Ich hole euch bald wieder. Auf Wiedersehen,

Mary." Er gab ihr einen flüchtigen Kuss auf die Stirn, bevor er in die Kutsche stieg und davon fuhr. Mary sah ihm nach bis sie ihn nicht mehr sehen konnte und drehte sich dann zu Clarissa um. Clarissa nahm sie liebevoll in den Arm: „Komm, Kind. Ich koch uns jetzt erst einmal eine Suppe."

„Hilfe!", Mary schrak auf. Ihr dünnes Hemd war feucht und ihre Decke war zu Boden gefallen. Wieder hatten sie die ekelerregenden Blicke und die unsanften Berührungen der Freier verfolgt. Schwer atmend schaute sich Mary ihm Raum um und stellte erleichternd fest, dass sie sich nicht mehr in deren Klauen und in ihrem Verließ befand. Auch wenn ihr bewusste war, dass sie diesen Menschen entflohen war, versetzte ihr der Gedanke, dass es Realität gewesen war einen Stich. Sie fühlte wieder deutlich das Loch und die Risse, die diese Erlebnisse in ihrem Herzen hinterlassen hatten. Wie sehr wünschte sie sich diese Qualen und Verletzungen nie erlebt zu haben. Doch sie hatte sie erlebt und sie konnte es nicht rückgängig machen. Niemand konnte es rückgängig machen. Sie hatte das Gefühl ein Messer in ihrem Herzen zu spüren, als sie an die Dunkelheit und den Schmerz in dem Raum dachte. Ihre Augen wurden feucht und sie sank in sich zusammen. Ihr Körper bebte als ihre Tränen das Bettlaken befeuchteten. Sie betete und ihr Atem verlangsamte sich bis sie schließlich ruhig lag. Eine angenehme Wärme durchströmte ihren Körper und die tiefe Erkenntnis von Gottes Annahme und Liebe schenkte ihr Frieden. Langsam richtete sie sich wieder auf und stieg aus dem Bett. Langsam tappsten ihre nackten Füße über den knarrenden Holzboden. Die Tür quietschte als sie diese vorsichtig öffnete und hinter sich wieder schloss. Sie atmete tief die kühle Nachtluft ein bevor sie ihren Weg vorsetzte. Sie war nun schon einige Wochen hier und jeden Tag hatte Gott

einen weiteren Teil ihrer kaputten Seele mit einer Liebe und Annahme geheilt. Sie war an ihrem Ziel angekommen. Vor ihr lag der weite, von in rot getauchten von Buchen umgebene See, in dem sich der helle Vollmond und tausend Sterne spiegelten. Mary ging ein paar Schritte bis das kühle Nass ihre Knöchel umspülte. „Jesus, ich möchte dir gehören und meine Vergangenheit hinter mich lassen. Ich nehme dein Opfer, welches du für mich vollbracht hast, an", flüsterte sie mit leiser, fester Stimme und ging dann tiefer ins Wasser bis es knapp unter ihre Taille reichte. Mit einem tiefem Seufzen ließ sie sich fallen und sie verschwand in dem dunklen Gewässer. Sie genoss den Moment der Schwerelosigkeit und das kühle Wasser das ihr die Schweißperlen von der Stirn wischte. Langsam tauchte sie wieder auf und atmete tief ein. „Ich danke dir, Vater, dass du mich zu einem neuen Menschen gemacht hast." Ein strahlendes, breites Lächeln zog sich über ihr Gesicht. Sie legte sich ins Gras und konnte ihr Herz in ihrer Brust schlagen hören. Zufrieden schloss sie ihre Augen.
Sie wurde von den ängstlichen Rufen Clarissas aus dem Schlaf geholt: „Mary! Mary! Wo bist du?", das Rufen wurde lauter bis es schließlich in einem Aufschrei endete. Clarissa kam auf Mary zugerannt und kniete sich neben sie: „Kind, ist alles in Ordnung mit dir?" Mit einem strahlendem Lächeln öffnete Mary ihre Augen: „Ja!" Nun verwandelte sich Clarissas ängstlicher, besorgter Blick ebenfalls in ein freundliches, strahlendes Lächeln.

><

Mit einem Ruck schlug Matt das Buch zu. Er konnte sich nicht konzentrieren, wenn seine Gedanken immer wieder zu dem zarten, hübschen Mädchen wanderten. Wie ihr es wohl ging? Er vermisste sie. Nicht selten war er in ihr leeres Zimmer gegangen

und hatte an die großen dunklen Augen gedacht, die ihm nicht mehr aus dem Kopf gingen. Was war nur los mit ihm? Warum hatte ihn dieses Mädchen nur so verzaubert? Sie war für ihn zu einer kleinen Schwester geworden und er konnte sich nicht erinnern, dass er seinen Bruder auf diese Art und Weise vermisst hatte.
Entschlossen stand er auf, er wollte Jonathan um Rat fragen. Der würde ihm eine Antwort auf seine Fragen geben können.
Wenig später saß er seinem Freund gegenüber und schilderte ihm seine Gefühle. Dieser lachte herzhaft auf: „Das ist doch ganz eindeutig. Du bist verliebt, mein Lieber!" Jonathan lachte nur noch mehr, als sich das Gesicht von Matt zunehmend blasser wurde. Als er ihn fragend ansah, erklärte Jonathan: „Ist doch ganz klar. Der verliebte Blick bei dem Gedanken an sie. Sie geht dir nicht mehr aus dem Kopf und du bekommst Herzrasen, wenn du sie siehst." Nun sah Matt seinen Freund mit einem neckenden Grinsen an: „Da scheint sich ja jemand ganz genau auszukennen." Jonathan lachte, doch sein Lachen klang eher künstlich und verlegen und nicht ernst und herzhaft. Schnell versuchte er wieder das Thema zu wechseln: „An deiner Stelle würde ich zu ihr fahren" Matt seufzte. Er wusste, dass er seine Gefühle beherrschen müsste, bevor er zu ihr fahren konnte.

Matt ließ weitere Tage verstreichen, bevor er sich auf den Weg zu Clarissa und Mary begab. Seine Nervosität stieg von Minute zu Minute und seine Augen versuchten angestrengt einen ruhigen Punkt in der Landschaft zu finden. Als die Kutsche gestoppt hatte, stieg er mit weichen Knien aus dem Wagen. Er sah Clarissa hinter einem der kleinen Fenster stehen. Sie bemerkte ihn, verschwand und kam wenig später aus dem Haus auf sie zugeeilt: „Matt!" Ich hatte schon geglaubt, du lässt uns für immer hier. Matt grinste:

„Habe ich auch kurz in Erwägung gezogen, aber Jonathan hat mich besonnen und nun bin ich hier." Clarissa grinste ebenfalls: „Du kannst hier warten. Ich hole nur schnell unser Gepäck und Mary." Matt lehnte sich an eine der Buchen und wartete. Nach einer gefühlten Ewigkeit sah er Clarissa mit einem Koffer aus der Tür treten. Hinter ihr erschien Mary. Sie trug ebenfalls einen Koffer und ihre noch feuchten Haare verrieten, dass sie sich noch vor kurzem im See aufgehalten haben musste. Er konnte sein Herz in seiner Brust deutlich schneller schlagen spüren. Mary kam auf ihn zu und begrüßte ihn. Matt betrachtete sie. Diese wunderschöne Mary die er vor sich sah war nicht mehr mit dem ängstlichen und kaputten Mädchen zu vergleichen, welches er vor einigen Wochen hier zurückgelassen hatte. Eine leichte Röte lag auf ihren Wangen und in ihren Augen spiegelte sich Freude, Liebe und viele Sonnenstrahlen der Oktobersonne wieder. Als er Marys erwartenden Blick sah, erwiderte er schnell ihre Begrüßung und führte sie zum Wagen. Die Fahrt über musste er sich sehr beherrschen sein hübsches Gegenüber nicht dauerhaft anzustarren.

Als er sie in ihr Zimmer geführt hatte, hielt er sich kurz und verschwand eilig in seinen Räumen. Er schloss die Tür hinter sich und seufzte. Jonathan hatte Recht, sie machte ihn verrückt und war sich dessen nicht einmal bewusst.

Matt schlug seine Augen auf uns stand von seinem Bett auf. Er ging zum Fenster, schloss die Augen und betete. Er pries Gottes Größe und bat um seinen Beistand an diesem Tag. Er öffnete die Augen wieder und sah hinaus. Er sah Mary, die sich gerade einen Blumenkranz flechtete. Es schien schon relativ spät zu sein. Er ging aus dem Zimmer und stand wenig später mit klopfendem Herzen neben ihr: „Guten Morgen, Mary!" Sie strahlte ihn mit einem breiten Lächeln an: „Guten Morgen!" Er deutete auf den Kranz: „Was hast du denn da gezaubert?" „Ach nur einen Blumenkranz. Clarissa hat mir gezeigt wie man so etwas macht." Er lächelte.

Nach diesen Tagen war sie noch viel schöner als vorher. Ihn strahlte die große Liebe des Vaters an, begleitet von ergreifender Freude. Im Stillen dankte er Gott für sein unglaubliches Werk. Die sanfte Berührung ihrer Hand auf seinem Unterarm, riss ihn aus seinen Gedanken. Sie sah ihn fragend an: „Ist alles in Ordnung?" „Ja, natürlich. Ich habe nur gerade darüber gestaunt wie Gott dich verändert hat." „Ja, das stimmt. Er hat sehr viele Wunden geheilt." Matt nickte.

Kapitel 4

Lass deine neue Welt beginnen.
Dein Wille geschehe hier auf der Erde,
wie er im Himmel geschieht.

Matthäus 6,10

Am nächsten Morgen waren die Beiden auf dem Weg in den Gottesdienst. Die Tage verstrichen und er lernte die neue Mary immer besser kennen und sehr zu seinem Missfallen wurden seine Gefühle mit jedem Augenblick in ihrer Nähe stärker. Gestern wurde Mary in die Gesellschaft eingeführt und durfte somit jeden Augenblick heiraten. Matt überlegte, ob er vielleicht … nein, niemals. Er wusste, dass sie niemals Gefühle für ihn haben würde. Schnell verdrängte Matt diese Gedanken und freute sich auf den bevorstehenden Gottesdienst.
Als sie wieder in der Kutsche saßen, sah Mary verträumt und ruhig aus dem Fenster. Während Matt das Gefühl hatte jeden Moment schreien zu müssen. Mit einem Stechen in der Brust dachte er an das Erlebnis was ihn soeben wiederfahren war.

Der Pfarrer hatte soeben seine letzten Worte gesprochen als James auf Mary zugekommen war. Sie hatte ihn auf ihre fröhliche Art und Weise begrüßt und er hatte sie mit Worten überhäuft. Matt konnte seinen Blick und auch seine Absichten deuten. James war allzu interessiert um Marys Hand anzuhalten. Matt hatte gewusst, dass es einige junge Männer geben würde, die an einer ehelichen Verbindung mit Mary interessiert waren. Niemand wusste von ihrer Vergangenheit und viele nahmen an, dass sie eine reiche Bekannte von ihm war. Dieser Anschein wurde von den schlichten, aber eleganten Kleidern und ihren schön frisierten Harren unterstützt. Zudem war sie äußert attraktiv.
Sie verdiente einen ehrenvollen Mann, nicht einen wie ihn, der so viele Fehler begangen hatte. Der das mit anderen Frauen getan hatte, was sie so verletzt hatte. James ist der Mann, den sie verdient hatte. Er ist reich, klug und sehr angesehen. Matt wusste, dass er sie verdient hatte und trotzdem schmerzte ihn diese Vorstellung. Die Vorstellung, dass James Mary zum Altar führen würde und nicht er. Doch was würde passieren, wenn James mit ihrer Vergangenheit nicht umgehen könnte und sie blamieren würde. Das durfte er nicht zulassen, doch verhindern konnte er es

nicht. Er musste lernen damit zu leben. Er wusste, dass er Mary nicht ewig beschützen konnte.

><

Am Abend waren Mary und Matt zu einem Ball bei den Levisons eingeladen.

Als Mary gerade den großen Saal betreten hatte, kam Annabelle aufgeregt auf sie zugerannt und umarmte sie stürmich. Mary konnte noch gar nicht reagieren, da begann Annabelle schon mit ihrem Redefluss: „Hallo Mary. Ich freue mich so dich wieder zu sehen. Du siehst unglaublich gut aus. Es ist so viel passiert in deiner Abwesenheit. Ich muss dir alles erzählen. Clarissa hat deine Haare wunderschön hoch gesteckt und wie fröhlich und gesund du aussiehst." Mary grinste sie an: „Ich freue mich ebenfalls dich wieder zusehen." Annabelle hackte sich bei Mary unter und zusammen schlenderten sie durch den Raum. Mary bemerkte den flüchtigen Blick, den Annabelle immer wieder der Männergruppe zuwarf. Mary sah ihre Freundin schief an: „Wer interessiert dich denn da so sehr?" Marys deutlicher Blick ließ Annabelle weiter reden: „Naja, ich …" ., Annabelle wollte gerade anfangen, Mary aufzuklären, da löste sich James von der Männergruppe und kam auf die beiden zu. Er hielt Mary seine rechte Hand hin: „Darf ich sie um diesen Tanz bitten?" Zögernd legte Mary ihre Hand in seine. Mit einem Ruck zog er sie zu sich. Mary versuchte sich ihr Unbehagen nicht anmerken zu lassen und mit einem schüchternen Lächeln zu überspielen. Sie löste sich aus seinem Griff: „Es tut mir leid sie enttäuschen zu müssen. Doch soeben ist mir in den Sinn gekommen, dass ich den ersten Tanz Matt versprach. Doch in den nächsten Tänzen weiß ich sie gerne an meiner Seite." Schnell eilte sie zu Matt, der sie am anderen Ende schon mit einem besorgtem Blick empfing: „Ist etwas passiert?" Mary wusste was er meinte und musste über seine Besorgnis

schmunzeln: „Nein, es ist alles in Ordnung. Ich bitte dich nur mir zu helfen. James bat mich soeben um einen Tanz", ihre Stimme wurde leiser, „aber ich kann doch nicht tanzen." Matt grinste: „Na dann. Darf ich bitten."
Mit kleinen vorsichtigen Schritten und einem ständig auf den Boden gerichteten Blick versuchte Mary Matts Anweisungen zu folgen. Am Ende des Tanzes fühlte sie sich bereits ein wenig sicherer, wollte aber auch den nächsten Tanz bei Matt bleiben.

Nachdem dieser Tanz beendet war, stellte sie sich mit einem gewissen Abstand zu Matt in die Nähe der tanzenden Paare, in der Hoffnung James würde sie erneut um einen Tanz bitten. Ihr Wunsch wurde erfüllt, denn James kam tatsächlich auf sie zu. Er gab ihr einen leichten Handkuss: „Ich hoffe sie gönnen mir endlich diesen Tanz." Wieder zog er sie ruckartig an sich heran und sie versuchte den unangenehmen Griff zu lösen. Doch das verstärkte seinen Griff nur. Sie versuchte sich ihr Unbehagen nicht anmerken zu lassen, denn auch wenn sie diesen Mann sympathisch fand, war ihr nicht immer ganz wohl bei ihm. Sie wusste nicht genau wie sich hier in dieser Gesellschaft Mann und Frau gegenüber traten. Sie hatte immer nur beobachtet, dass man Abstand zueinander hielt und Unverheiratete tauschten kaum körperliche Nähe aus. Auch Verheiratete zügelten ich mit Zärtlichkeiten und der Mann stellte mit Respekt seine Frau den anderen Gästen vor. Mary konnte nicht entdecken, dass die Frauen grob von den Männern behandelt wurden oder zu Dingen gezwungen wurden die sie nicht tun wollten. Doch sie wusste um die Kunst des Fassadenbauens. Die wahre Situation konnte noch so schlimm sein, die Leute konnten dies immer verdecken und mit einem perfektem, vorgespielten Bild glänzen. „Mary? Geht es ihnen gut?" James gab ihr einen kleinen Stups. Sie merkte, dass sie die ganze Zeit auf seine Schulter gestarrt hatte und völlig in Gedanken versunken war: „Ja, mir geht es bestens. Ich war nur gerade in meinen Gedanken versunken." James grinste sie an: „Lässt du mich an deinen Gedanken teilhaben?" Mary zögerte: „So interessant sind diese Gedanken nicht. Ich denke, dass Informationen über dich deutlich spannender sind."

><

Matt versuchte seinen Neid zu verdrängen. Doch je länger er Mary und James beobachtete, desto schwieriger wurde es sich zu beherrschen. Er sah den festen Griff um Marys Taille und ihr Lächeln. Aber am schwierigsten waren die Blicke. Marys Blick konnte er zwar nicht ganz deuten, doch der Blick des Mannes war mehr als deutlich. Er merkte wie sich seine Hände verkrampften und schnell wandte er sich ab um die Reaktion zu unterdrücken. Er ließ seinen Blick durch den Raum schweifen und erblickte Jonathan, der sich gerade etwas von der Bowle einschenkte. Matt fasste sich und schlenderte zu ihm herüber: „Na, na, na, junger Herr. Übertreiben sie es nicht." Jonathan drehte sich zu ihm um und grinste ihn an: „Soll ich dir auch etwas geben?" Matt nickte. Jonathan reichte ihm das volle Glas und die beiden begonnen fröhlich zu plaudern.

Kühle Nachtluft ließ Matt frösteln als er aus dem Stall trat. Das Einrasten eines Türschlosses ließ Matt wissen, dass Mary ins Haus gegangen war. Er drehte den Schlüssel im Schloss als ihn ein Geräusch schnell umdrehen ließ. Da war es wieder. Es klang wie ein Schaben an der Tür, begleitet von einem Klopfen. Entsetzt stellte Matt die Herkunft der Geräusche im Inneren des Stalles fest. Er drehte den Schlüssel wieder in die andere Richtung und öffnete die Tür einen Spalt breit und lugte vorsichtig hinein. Er konnte nichts ungewöhnliches entdecken und so schlüpfte er ganz hinein. Der Geruch von Heu und Stroh stieg ihm in die Nase, untermalt von Pferdegeruch. Die Pferde in den ersten vier Boxen standen ruhig. Matt ging ein paar Schritte um auch in die anderen Boxen schauen zu können. Da erblickte er Louis, den stattlichen

Hengst seines Bruders. Jetzt erkannte Matt die Ursache des Klopfens. Louis warf seinen Kopf immer wieder gegen die Bretter und das Metallstück seines Halfters hinterließ ein Klopfen. Auch wenn er erleichtert über diese Erkenntnis war, machte sich Unbehagen in ihm breit: Warum wurde Louis das lästige Halfter nicht abgenommen? Warum zierte immer noch ein Sattel seinen Rücken? Matt schob den Riegel an der Brettertür, die zur Box führte, zur Seite. Das Scharnier quietschte als er die Tür langsam öffnete. Er trat in die Box. Stroh raschelte unter seinen Füßen. Mit sanften, streichelnden Bewegungen versuchte er Louis zu beruhigen. Er nahm ihm vorsichtig das Gestell aus Leder und Metall ,das seinen Kopf umgab, ab. Louis schnaubte leise. Er öffnete den Verschluss des Sattelgurtes und nahm ihm den Sattel vom Rücken. Jetzt wurde der Hengst ganz ruhig. Matt tätschelte seinen Hals. Er wollte gerade wieder die Box verlassen, da blitze etwas im Mondschein, der durch das Fenster fiel, auf. Matt drehte sich hastig um, um auf jeden Angriff vorbereitet zu sein. Matt betrachtete den Strohhaufen in der Box und konnte den Umriss eines Körpers erkennen. Schreckhaft trat er ein paar Schritte zurück, doch da sah er erneut etwas aufblitzen. Es war eine Kette. Matt lief ein kalter Schauer über den Rücken als er die Kette erkannte. Reflexartig legte er seine Hand an seinen Hals und umschloss den metallenen Anhänger, der sich unter seinem Hemd verbarg, mit seiner Faust. Er trug dieselbe Kette wie der Mann am Boden. Auf dem Anhänger war das Wappentier seiner Familie abgebildet. Ein Adler, das Zeichen für Freiheit, Stärke und Erhabenheit. Doch weder er noch sein Bruder zeigten die Eigenschaften dieses prächtigen Tieres in diesem Moment auf. Matt fühlte sich hilflos, allein und verlassen. Plötzlich regte sich der Mann und ein leises Stöhnen kam über seine Lippen. Matt ließ sich auf seine Knie sinken. Behutsam hob Matt den schlaffen Kopf hoch und umschloss ihn mit seiner Hand. Das Gesicht war mit Blut überströmt und die Haare klebten von Schweiß getränkt an seiner Stirn. „Edward, öffne deine Augen. Was ist los mit dir ? Was ist passiert?" Müde öffnete er seine Augen, stammelte ein paar undeutliche Worte, bevor er sie wieder erschöpft schloss. Matt legte den schweren Kopf seines Bruders zurück ins Stroh und erhob sich. Er eilte aus dem Stall. Erst ein wenig taumelnd, doch dann immer sicherer. Als er in das Haus getreten war, suchte er den Raum mit seinen Augen ab. Er versuchte jemanden zu finden, der ihm helfen konnte. Aus den Angestelltenräumen trat ein großer, dünner Mann. Es war Bob. Mit aufgewühlter Stimme rief Matt ihn zu sich: „Komm mit und hilf mir!" Bob verstand und rannte hinter Matt her zum Stall. Matt versuchte schnell und trotzdem behutsam Louis Oberkörper in die Höhe zu heben. Der Bedienstete stutze als er in das Gesicht des verletzten Mannes sah, fing sich jedoch schnell um Matt zu helfen. Matt war erstaunt, dass dieser Mann mehr tragen konnte als man auf den ersten Blick vermuten konnte. Die beiden Männer trugen Edward zum Haus und versuchten ihn dann mit vorsichtigen Schritten die Treppe hinauf zu bringen. Erst als sie den Verletzten in das weiche Kissen sinken gesehen hatten, konnten sie wieder durchatmen. Matt deutete Bob, dass er gehen könne und holte dann selbst einen nassen Lappen. Der Lappen färbte sich schnell rot, als Matt das Blut wegwischte. Die tiefen Furchen der Wunden wurden nun deutlich sichtbar. Matt wurde abwechselnd heiß und kalt als er das vor sich sah, worüber er bis jetzt nur in seinen Büchern gelesen hatte. Er schob das feuchte von Blut getränkte Hemd zur Seite und konnte weitere tiefe Wunden und Abschürfungen erkennen. Er nahm einen kleinen Koffer und öffnete ihn mit einem leisen Klicken. Es kamen Binden, Skalpelle und andere ärztliche Geräte zum Vorschein. Matt nahm eine der weißen Binden und wickelte sie vorsichtig über die blutenden Striemen. Seine Hände zitterten, während er das Blut von seinen Händen wischte. Matt sah in das Gesicht seines Bruders. Auch wenn er nicht bei Bewusstsein war, konnte Matt den Schmerz, der den Körper des Bewusstlosen durchfuhr deutlich erkennen. Immer wieder zuckten die Augenlider leicht zusammen. Matt merkte wie seine

Augenlider schwer wurden und sich seine Augen langsam schlossen. Sein Kopf fiel auf die weiche Matte und er schlief ein.

Matt spürte einen leichten Druck um seine Hand und öffnete die Augen. Edward hatte seine Hand fest um Matts Hand geschlossen. Nun öffnete auch er die Augen. Matt sah in die mit Schmerz und Angst erfüllten Augen seines Bruders. Dieser versuchte jetzt etwas zu stammeln, doch Matt verstand ihn nicht, da Edward nicht seinen Mund nicht richtig öffnete um die Worte zu formen. Matt ahnte , dass ihm das Sprechen furchtbare Schmerzen bereitete, denn eine tiefe Schramme lag quer über seinen Lippen. Matt legte seine Hand auf die Schulter die leicht bebten: „Alles gut, du musst nicht sprechen. Ich hole dir erst einmal etwas zu essen."
Matt ging die Stufen hinunter und trat in die Küche. Da kam ihm schon Fanny entgegen: „Matt, mein Kleiner", sie gab ihm einen dicken Schmatzer auf seine Wange, „Was kann ich für dich tun?" Matt grinste: „Hallo, Fanny. Ich brauche etwas zu essen. Am besten eine Suppe." Fanny nickte und begab sich gleich darauf an die großen Töpfe. Es dauerte gar nicht lang, da stieg Matt der Geruch von Kräutern und Gemüse in die Nase. Er beobachtete die quirlige Frau, die damit beschäftigt war Zutaten zu schneiden und in einen Topf zu werfen.
Sie hatte ihn und seinen Bruder mit aufgezogen. Er konnte sich noch gut daran erinnern, wie die beiden durch das Haus gestürmt waren und dann, nachdem sie völlig kaputt und müde waren, von Fanny mit einem leckeren Pudding empfangen wurden. Fanny würde es nicht verkraften, wenn er ihr sagen würde, in welchem Zustand sich Edward gerade befand.
Sie kam mit einer Schüssel auf ihn zu. „Hier hast du sie. Lass es dir schmecken." Matt nahm die Schüssel. „Es tut mir leid, aber ich werde nicht hier essen, sondern sie mit nach oben nehmen." „Ach so, ja klar. Mach nur", Mit einem verschmitzten Lächeln drehte sie sich um und ließ Matt mit einem fragendem Blick stehen.
Mit spitzen Fingern trug er die Schüssel mit der heißen Suppe.

Nachdem er wieder in den Raum getreten war, stellte er sie vorsichtig auf einen kleinen Tisch neben dem Bett ab. Er half Edward sich leicht im Bett aufzurichten. Matt wusste, dass ihm diese Aktion große Schmerzen bereitete.
Er ließ die Suppe etwas abkühlen und führte dann vorsichtig einen Löffel nach dem anderen an Edwards Mund. Doch schon nach dem vierten Mal wandte Edward sein Gesicht ab und schloss vor Erschöpfung die Augen. Matt seufzte. Er wird viel Geduld haben müssen, bis sein Bruder genug Kraft hatte um sich selbst zu versorgen. Er hörte seinen ruhigen Atem und betrachtete ihn genauer. Edward sah durch seinen Bart und die zerzausten braunen Haare verwildert aus. Anscheinend hatte er seit einigen tagen weniger auf seine Hygiene geachtet. Matt wandte sich ab und trat aus dem Zimmer.

><

Mit einem verträumten Gesichtsausdruck spielte Mary mit ihren Haaren, Ihre Gedanken wanderten zu dem gestrigen Abend und vor allem zu dem gut aussehendem jungen Mann, der sie beim Tanz durch den Raum gewedelt hatte. Auch wenn sie sich geschmeichelt von seinen Komplimenten fühlte, machte sich Unbehagen bei seiner Anwesenheit in ihr breit. Irgendetwas an diesem Mann ließ ihn unsymphatisch wirken. In seiner Nähe fühlte sie sich nicht so geborgen wie wenn Matt bei ihr war. Sie zupfte an der Schleife die an ihrem Kleid befestigt war. Sie betrachtete den edlen Stoff durch den sich ein dünner Faden zog. Sie stand auf und lief zu Clarissa, die am anderen Ende des Raumes saß. Sie hielt ihr die Schleife vor die Nase: „Kannst du mir so etwas beibringen?"
„Meinst du, nähen?" Mary nickte und Clarissa lächelte: „Aber natürlich. Setz dich neben mich. Dann zeig ich es dir ." Mary stellte sich einen Stuhl neben Clarissa und bekam von ihr ein Stück Stoff und eine Nadel in die Hand gedrückt. Clarissa zeigte ihr wie sie die Nadel durch den Stoff führen musste und Mary tat es ihr gleich.

Wenig später hatte sie ein kleines Kissen genäht. Stolz betrachtete sie es und dachte nicht mehr an all die Nadelstiche die sie ihrem Finger zugesetzt hatte. Clarissa gab ihr ein weiteres Stück Stoff und Mary begann ein weiteres kleines Kissen zu nähen.
Erst als ihr ihre Finger weh taten, beendete sie ihre Arbeit. Mittlerweile war es später Nachmittag geworden. Mary legte den Stoff zur Seite und wandte ich an Clarissa: „Ich geh ein wenig an die frische Luft."

Sobald ihre Schuhe in der feuchten Erde leicht versanken, zog sie ihre Schuhe aus, um das weiche Gras zwischen ihren Zehen zu spüren. Sie schlenderte durch die Wiese und pflückte immer wieder ein paar Blumen. Kunstvoll ordnete sie jede einzelne Blume zu einem Strauß an.

><

Matt schmunzelte als er Mary dabei beobachtete, wie sie verträumt über die Wiese schlenderte. Langsam ging er auf sie zu und schaute auf ihre nackten Füße: „Lass das nicht Clarissa sehen." Mary fuhr zu ihm herum und grinste ihn an: „Keine Sorge. Ich werde aufpassen." Die beiden schlenderten weiter und Matt versuchte ein Gespräch zu beginnen: „Hat dir der Ball gefallen?" Mary nickte: „Ja, er war amüsant. Aber erst nachdem du mir die Tänze beigebracht hast." Matt schmunzelte: „Es hat aber eine ganze Weile gedauert, bis du mir nicht mehr auf den Füßen herumgetrampelt bist." Sie lachte: „Das tut mir wirklich leid. Ich hoffe deine Füße sind nicht grün und blau." „Nein, alles in Ordnung. Meinen Füßen geht es gut." Die beiden lachten und streiften weiter durch die Wiesen. Man konnte nur das Rascheln des Grases hören, welches um die Füße der beiden streifte. Plötzlich knackte etwas neben ihnen und Mary zuckte ängstlich zusammen. Matt legte ihr beruhigend die Hand auf die Schulter. Sie versuchten etwas hinter den Bäumen zu erkennen. Endlich grenzte sich ein leicht bewegender Umriss von den dunkelbraunen Bäumen ab. Das Reh spitze die Ohren und drehte seinen Kopf langsam zu Mary und Matt, beobachtete die beiden und rannte dann scheu davon. Mary drehte sich zu Matt um und sah ihn mit großen runden Augen an: „Ich habe noch nie ein Reh aus dieser Nähe gesehen." „Daran musst du dich gewöhnen. Das kommt hier öfter vor. Es könnte sogar sein, dass du auf einen Bären triffst." Mary´s Augen wurden noch größer. „Wie bitte?" „Keine Sorge. Dies passiert nur äußerst selten." Mary entspannte sich und Matt biss sich auf die Lippe um sich ein Grinsen verkneifen zu können.

Kapitel 5

Eure Sünden sind blutrot,
und doch sollt ihr schneeweiß
werden.
Sie sind rot wie Purpur,
und doch will ich euch rein
waschen
wie weiße Wolle.

Jesaja 1,18

Leise öffnete Matt die Tür und versuchte sie auch wieder geräuschlos zu schließen. Er setzte sich an die Bettkante. Edward hatte sein Gesicht von ihm abgewandt und drehte nun seinen Kopf zu Matt. Er öffnete seine Augen leicht und sah ihn an. Matt betrachtete seine Wunden. „Wie geht es dir?" Edward versuchte mühsam die Worte zu formen: „Ich habe Schmerzen. Aber ich spüre meine Kraft langsam wiederkehren." Matt nickte verständnisvoll: „Ich werde die Wunden erneut reinigen und verbinden." Matt schob die Decke zur Seite und löste den Verband. Bevor er das feuchte Tuch auf die Wunde legte hielt er kurz inne: „Es wird weh tun." Edward nickte. Matt legte das Tuch auf die Wunden und Edward zuckte leicht zusammen. Matt betupfte die Wunden vorsichtig und verband sie wieder. Als er die Decke wieder über den Oberkörper seines Bruders legte, entspannte sich dessen Gesichtsausdruck wieder. Matt murmelte: „Es werden Narben bleiben." Als ihm dies bewusst wurde, kamen ihm Mary´s Narben in den Sinn. „Sie werden dich immer daran erinnern." Er sah seinem Bruder in die Augen und versuchte seine Gefühle lesen zu können, doch das gelang ihm nicht. Edward starrte ihn an. Matt stand auf und ging zur Tür. Er wollte gerade den Raum verlassen, als ihn sein Bruder mit wenigen Worten daran hinderte: „Ich weiß." Matt hielt inne, kniff seine Augen schmerzlich zusammen und schloss stumm die Tür hinter sich.

Die Nacht hatte Matt geholfen seine Gefühle zu ordnen und so konnte er einigermaßen beruhigt in das Zimmer seines Bruders zu gehen. Er sagte jedoch kein Wort und setzte sich stumm neben ihn und kümmerte sich um die Wunden. Er merkte, dass ihn sein Bruder beobachtete. Als er fertig war wollte er gerade aufstehen als er am Handgelenk gepackt wurde. Er schaute in Edwards Augen und sah etwas was er nie zuvor in den Augen seines Bruders gesehen hatte. Er flüstert: „Ich möchte sie sehen, bitte." Sein Griff lockerte sich und Matt nickte verdutzt und verließ den Raum. Mit klopfendem Herzen ging er den Gang hinunter, angetrieben von der Reue die er in Edwards Blick lesen konnte. Er öffnete die Tür, die zu Mary Raum führte.

><

Mary drehte sich abrupt um und sah Matt im Türrahmen stehen. Sie sah ihn fragend an und er kam auf sie zu: „Mary, vor einigen Tagen fand ich Edward im Stall verwundet. Ich pflegte ihn die letzten Tage. Ich war gerade bei ihm." Mary wusste nicht was Matt ihr sagen wollte, doch sie hörte geduldig weiter zu: „Er möchte dich sehen." Marys Mund wurde trocken und ein unangenehmes Gefühl breitete sich in ihrem Magen aus. Der Mann, dem die so viel Schmerz zu verdanken hatte, wollte sie sehen Sie spürte Matts fragenden Blick auf ihr ruhen. Das leichte Schwindelgefühl und der Druck der sich in ihrer Brust ausbreitete, machten das Sprechen schwer und so konnte sie nur schwach nicken. Sie folgte Matt und schwebte wie im Trance über die Flure. Sie blieb vor der Tür stehen und starrte sie an. Matts Hand legte sich um ihre: „Ich bin da und passe auf dich auf. Dir wird nichts passieren." Er drückte die Türklinke hinunter und sie folgte ihm in den Raum. Sie sah Edward im Bett sitzen, sein rechtes Auge war blau und eine Wunde erstreckte sich über seine Stirn. Sie sah ihm in die Augen und sie entspannte sich ein wenig als sie keine Ablehnung erkennen konnte. Er klopfte auf die Matratze: „Bitte, setzt dich zu mir." Mit zitternden Händen setzte sie sich auf die Matte. Edward hob seine Hand und führte sie zu ihrem Gesicht. Angst und Übelkeit breiteten sich in ihr aus. Er strich über ihre Narbe. Marys Herz begann heftig zu schlagen. Als sie in seine Augen sah, konnte sie außer Tränen die über seine Wange liefen, Reue und Demut erkennen zu können. Unter Tränenfluss und zitternder Stimme flüsterte er: „Es tut mir so leid. Ich bereue es jeden Tag was ich getan habe." Tränen liefen Mary über die Wange und ihr Körper bebte. Edward nahm behutsam ihre Hand: „Ich würde alles tun, um das was passiert ist, rückgängig zu machen. Aber ich kann es nicht und das lässt mich mich selbst hassen." Mary versuchte mühsam Worte zu finden: „Warum? Bitte, sag mir, warum?" Edward atmete tief durch und seine Stimme zitterte: „Ich hatte zu lange die falschen Freunde. Es ging immer nur darum, wer am meisten Ansehen bekommen kann. Dieses erwarb man sich indem man für eine gewisse Zeit in einen Raum geschoben wurde und wer sie am meisten zerstören konnte, bekam das höchste Ansehen." Mary kniff ihre Augen zusammen und versuchte die Luft, die sie gerade verlor, durch tiefes Einatmen wieder zu gewinnen. Ein Unglaublicher Schmerz durchfuhr sie, „ es tut mir so leid, was ich dir angetan habe. In diesem Moment habe ich es nicht bereut, doch als ich dich im Saal stehen gesehen habe, wie du zusammengebrochen bist, da wurde mir erst bewusst was ich getan hatte. Mit einem Schlag wurde mir bewusst wie sehr ich dich und viele andere verletzt hatte. Bei dem nächsten Mal habe ich mich geweigert und das haben sie nicht akzeptiert. Sie haben mich für meine Verweigerung bestraft, so nannten sie es." Mary schaute ihn an. Edward liefen immer mehr Tränen über die Wangen: „Es tut mir so leid. Es tut mir so leid." Seine Schultern bebten und sein Schluchzen erfüllte den Raum. Mary versuchte ihre Tränen hinunter zu schlucken: „Ich vergebe dir." Edward hob seinen Blick und Mary sah ihm tief in die Augen: „Ich habe dir vergeben und nicht nur ich habe dir vergeben. Gott hat dir auch vergeben, weil sein Sohn für deine Sünden gestorben und wieder auferstanden ist. Du musst dir keine Vorwürfe mehr machen, weil du deine Taten bereust." Mary fühlte sich, als sei eine riesige Last von ihr abgefallen und als sie in die Augen von Edward schaute, konnte sie dieselbe Erleichterung erkennen. Edward konnte es nicht fassen: „Danke. Aber sag mir, wie kannst du das, mir vergeben." Mary lächelte: „Durch Gott. Ich weiß, dass er mir vergeben hat und deshalb kann ich dir vergeben. Es war schwer, aber Gott hat mir geholfen. Er war es auch, der meine Wunden geheilt hat, die über all die Jahre entstanden sind."

><

Matt stand stumm in der Ecke des Raumes und versuchte zu realisieren was sich gerade vor seinen Augen abspielte. Er konnte nicht glauben, wie sich der verzweifelte Blick seines Bruders in einen verwirrten, erstaunten und beeindruckten Blick änderte. Er war fasziniert von der Ruhe die Mary ausstrahlte und die Liebe des Vaters, die durch sie sprach. Er konnte fast sehen wie die Erlebnisse, die die beiden belasteten, von ihnen abfielen.

Mary verabschiedete sich nachdem beide nur noch schweigend da gesessen hatten. Matt wollte wenige Minuten später den Raum verlassen. Matt öffnete die Tür, bereit zu gehen. Da hielt ihn Edward auf: „Danke." Matt lächelte und verließ den Raum.

Kapitel 6

Statt der Trauergewänder
gebe ich ihnen duftendes Öl
das sie erfreut.
Ihre Mutlosigkeit will
ich in Jubel verwandeln,
der sie schmückt
wie ein Festkleid.

Jesaja 61,3

Mary ließ die warmen Sonnenstrahlen auf ihr Gesicht strahlen. Sie atmete erleichtert und zufrieden die Luft, die sich durch das Fenster drängte, ein. Die Farbe der Blätter ließ die Landschaft in einem traumhaften Rot erstrahlen. Mary wandte sich vom Fenster ab. Sie nahm den Stoff, der auf der kleinen Kommode lag in die Hand und ließ ihn durch ihre zarten Finger gleiten, bis sie die Stelle gefunden hatte, an der sie mit ihre Arbeit fortsetzten wollte. Langsam und sicher führte sie die Nadel durch den raschelnden Stoff. Ein leichter Windzug kam durch das offene Fenster. Mary summte leise ein Lied und begann das Summen durch den Text zu ergänzen. Die zarte Melodie erfüllte den Raum. Plötzlich gesellte sich eine Männerstimme zu ihrer weiblichen Stimme. Sie drehte sich um und sah Matt im Türrahmen stehen, der sie freudig anlächelte. Mary verstummte und erwiderte sein Lächeln. Matt kam langsam auf sie zu: „Was nähst du ?" Mary schaute auf den Stoff in ihrer Hand: „Ich habe meine Arbeit gleich beendet. Dann gewähre ich dir gerne einen Blick auf sie." Mit flinken Händen nähte sie den letzten Knopf an. Stolz hielt sie ihr Werk in die Höhe. Matt sah sie schief an: „Möchtest du dieses Kleidungsstück tragen?" Es wirkt auf mich eher wie ein Männerhemd und nicht wie ein edles Kleid." Mary lächelte ihn genauso schief an wie er sie ansah: „Du sprichst Wahres. Dies ist gewiss kein Damenkleid, sondern ein Männerhemd. Es ist ein Geschenk für einen Herrn." Matts Blick wurde düster und er fragte trocken: „Und wer ist dieser Herr?" Mary grinste ihn breit an: „Dieser, der sich gerade in diesem Raum befindet." Matts kalter Blick verschwand und sein Mund zog sich zu einem breiten Grinsen: „Für mich?" Mary nickte und gab ihm an das Hemd: „Zieh es über." Matt betrachtete das Kleidungsstück staunend und verschwand hinter einer Trennwand und kam wenig später wieder hervor. Marys Mund wurde trocken und Wärme stieg ihr in den Kopf, als sie Matt erblickte. Das Hemd fiel locker und passte sich seinem Körper an. Matt sah sie mit einem fragendem Blick an: „Wie ist deine Meinung. Mir gefällt es außerordentlich gut." Mary stammelte mühselig: „Gut. Es sieht gut aus." Schnell wandte sie den Blick ab um ihr Verlegen nicht zu zeigen. Matt trat näher an sie heran und Mary spürte wie ihr heiß und kalt wurde. Die Geschwindigkeit ihres Herzschlages nahm rasant zu. Matt trat so nah an sie heran, dass sie seinen Atem hören und spüren konnte. Sie schaute zu ihm herauf in seine blauen Augen und ihr wurde schwindelig . Er sah sie lange schweigend an, bevor er flüsterte: „Danke!" Er gab ihr einen zärtlichen Kuss auf die Stirn und verließ dann den Raum. Marys Herzschlag verlangsamte sich wieder und sie konnte wieder Luft holen. Sie atmete tief durch und griff sich an die Stirn an die Stelle an der vor wenigen Sekunden Matts Mund geruht hatte. Sie lächelte, versuchte jedoch gleich dies wieder zu unterdrücken.

Die Luft wurde knapp und ihr Brustkorb schmerzte ein wenig unter dem Druck des Korsetts. Mary hielt sich an einem Stuhl fest, während Clarissa das Korsett immer enger schnürte. Elegant fiel der weiche Stoff zu Boden und umspielte ihre zarte Figur. Das weiße Kleid war am Dekolletee kunstreich verziert und unter der Brust wurde der Stoff durch ein besticktes blassgrünes Band zusammengehalten. Perlen schimmerten in Marys dunklem Haar und untermalten die elegante Hochsteckfrisur. Zufrieden betrachtete Clarissa ihr Werk: „Du siehst bezaubernd aus." Ein beschämtes Lächeln umspielte Marys Lippen. Da klopfte es an der Tür.

><

Nervös zupfte Matt an seinem Hemd herum, bevor er die Hand zu Tür bewegte um zu Klopfen. Er öffnete die Tür und trat ein. Mary drehte sich zu ihm herum und Matt stockte der Atem, als er sie erblickte. Vor ihm stand eine wunderschöne Mary die nicht mehr mit Shame vergleichbar war. Mary strahlte ihn an und er konnte seine Augen nicht von ihr lassen.

Matt half Mary aus der Kutsche und gemeinsam schritten sie zu der großen Eingangspforte. Staunend betrachtete Mary die prunkvolle Einrichtung. Matt seufzte leise, als er James schon auf sie zukommen sah. Er verneigte sich leicht vor Mary und gab ihr einen Handkuss: „Gewähren sie mir diesen Tanz?" Mary nickte und ließ sich von James auf die Tanzfläche ziehen. Matt drehte sich um, um dies nicht beobachten zu müssen. Sein Freund Jonathan kam zu ihm und gab ihm einen freundschaftlichen Schubs: „Na, was schaust du so traurig?" Matt sah ihn mit einem vielsagendem Blick an. Jonathan sah über seine Schulter und erkannte den Grund schnell. Doch anstatt sein Mitgefühl auszudrücken, grinste er: „Bitte sie um den nächsten Tanz." Matt verließ der Mut: „Aber warum sollte ich dies tun? Dies ist ohne Sinn." Jonathans Grinsen wurde immer breiter: „Vertrau mir." Als die Musik verklungen war, ging Matt zu Mary: „Darf ich dich um diesen Tanz bitten?"

><

Mary strahlte Matt an und reichte ihm die Hand. Locker und sanft umschloss er sie und legte seine andere Hand um ihre Taille. Liebevoll zog er sie an sich und schwang sie im Kreis: „Du siehst wunderschön aus." Marys Lächeln wurde breiter: „Danke." Verträumt sah sie ihm in die Augen und vergaß alles um sich herum. Sie sah nur ihn und hörte die Musik die sie begleitete. Sie ließ ihre Hand noch ein wenig in seiner Ruhen, als die Musik verklungen war, bevor sie ihn ganz los ließ. Sie traten von der Tanzfläche. James schlich sich von hinten an Mary heran: „Kann ich sie für einen Moment entführen um mit ihnen unter vier Augen sprechen zu können." Mary nickte verdutzt und folgte ihm in den Garten. Kühle Nachtluft stellte eine willkommene Abwechslung zur Wärme im Saal dar. Mary blieb ruhig stehen , während James unruhig vor ihr hin und her lief. Immer wieder setzte er zu einem Wort an, verwarf diesen Gedanken jedoch und

lief nervös weiter. Endlich blieb er vor Mary stehen und sah ihr in die Augen. Mary konnte einen leichten Schmerz in einen Augen erkennen. Vorsichtig versuchte er Mary sein Anliegen vorzubringen: „Mary. Ich habe sie sehr gern und wollte meine Gefühle mit ihnen und allen anderen teilen. Ich hatte die Absicht heute an diesem Abend, an dem sie fabelhaft aussehen um ihre Hand anzuhalten," er hielt einen kurzen Moment inne und starrte verletzt auf einen Punkt in der Landschaft. Er atmete tief durch und seine Stimme zitterte: „ Doch ich habe meine Absichten geändert, als ich sie zusammen mit Matt gesehen habe. Diese Blicke, die sie austauschten, habe ich noch nie an ihnen gesehen, wenn ich mich in der Nähe befand. Mir ist bewusst, dass sie ihr Herz bereits an ihn verschenkt haben und daß jeder Versuch, es für mich zu gewinnen ohne Sinn wäre." Während er das gesagt hatte, hatte er auf den Boden geschaut, doch jetzt hob er seinen Blick und sah sie traurig an. Mary wusste, dass er das ausgesprochen hatte, was sie sich nicht eingestehen wollte. Beschämt und voller Mitleid sah sie ihn an: „Es tut mir leid." Eine Träne entwich James Auge. Schnell wischte er sie fort und faste sich wieder: „Ich werde diese Woche noch abreisen. Ich werde meine Tante besuchen und dort für einige Wochen bleiben." Langsam schritt er zu ihr und nahm ihre Hand. Seine Hand war kalt ebenso wie seine Stimme: „Es war mir eine Ehre sie kennengelernt zu haben. Leben sie wohl." Er gab ihr einen flüchtigen Handkuss und ging von dannen. Mary blieb regungslos stehen und starrte ins Leere. Ihr Brustkorb hob sich schwer und in ihrem Kopf drehte sich alles.
Verwirrt trat sie wieder in den Saal und beobachtete gerade noch wie James ihn stürmisch verließ. Matt kam auf sie zu: „ Geht es dir gut?" Mary sah zu ihm hoch und wurde sich plötzlich über das volle Ausmaß ihrer Zuneigung zu Matt bewusst. Sie nickte stumm.

Prasselnd fiel der Regen auf die trockene Erde und spendete den verdorrten Pflanzen wieder neues Leben. Nass klebte das Kleid an ihrem Körper und ihre Haare tropften ihr in den Nacken. Das Gras streifte ihre Knöchel scharf und die nasse Erde spritze nach oben und beschmutze ihren Saum. Mary rannte durch den strömenden Regen. Sie rannte, in der Hoffnung, dass sie vor ihren Gefühlen davon rennen könnte. Sie blieb stehen und verbarg ihr Gesicht in ihren Händen. Sie hob den Blick zum Himmel und ließ die Regentropfen über ihr Gesicht laufen. Jemand packte sie am Handgelenk und zog sie zu sich. Es war Matt. Seine Haare waren ebenfalls durchnässt und die nassen Strähnen klebten an seiner Stirn. Regentropfen liefen an seinem kantigen Gesicht herunter. Seine blauen Augen sahen tief in ihre und er fragte mit besorgter Stimme: „Was ist geschehen? Warum befindest du dich hier?" Mary stockte: „James hatte beabsichtigt, sich mit mir zu verloben. Doch er tat es nicht." Matt sah sie fragend an: „Warum?" Marys Mund wurde trotz des Regens trocken: „Ihm ist nicht entgangen, dass ich ihm nicht die Liebe entgegen bringe wie er sich es erhofft hatte. Er hatte erkannt, dass ich mein Herz bereits an jemanden anderen vergeben habe." „An wen?", Matts Stimme zitterte. Doch Mary verstummte und kniff ihre Lippen zusammen. Die Welt um sie herum begann sich zu drehen und rasch lenkte sie ihren Blick zu Boden. Matt trat nervös von einem Fuß auf den anderen und der Druck in seinem Herzen schlug auf seinen Magen. Er sah Mary an und versuchte seine Gedanken zu ordnen. Mühselig versuchte er sich von ihr und seinen Gefühlen nicht verrückt machen zu lassen: „Mary, von dem ersten Moment an, in dem ich dich erblickt hatte, hast du mich verändert. Ich habe beobachten dürfen wie du zu einer Frau geworden bist und ich habe mir eingestehen müssen, dass ich mehr für dich empfinde, als mir lieb ist. Mary, ich liebe dich." Mary lief eine Träne des Glücks über die Wange und sie hob den Kopf. Er sah zu Boden und biss sich nervös auf die Lippe. Mary zitterte: „Matt, du bist der an den ich mein Herz verschenkt hatte." Sie lächelte ihn liebevoll an. Matt hob den Kopf und ihre Blicke trafen sich. Er sah sie lächeln und alles in ihm brach zusammen. Jede Mauer die er versucht hatte aufzubauen um seine Gefühle nicht zu zeigen. Er war sich jetzt dem vollem Ausmaß seiner Gefühle bewusst und versuchte sie nicht mehr sie zu verbergen. Sanft zog er Mary an sich, er strich um ihr zartes Kinn und ihre Lippen mit seinem Daumen. Berührt von den Zärtlichkeiten schloss Mary die Augen. Matt beugte sich zu ihr und ihre Lippen berührten sich zärtlich. Mary lief ein Schauer über den Rücken als er sie in seinen starken Armen hielt. Sie schlang ihre Arme um seinen Hals und genoss seine Nähe.

Matt schob den Ring über Marys Finger und hielt ihr seine Hand hin. Sie nahm den Ring und brachte ihn an seine Hand. Matt hob den weißen Schleier aus Spitze hoch und küsste seine Braut voller Liebe und Hingabe. Die beiden sahen sich mit einem Grinsen an, welches sie vor Glück nicht verhindern konnte.
Clarissa wischte sich die Tränen aus den Augenwinkeln. Edward beobachtete seinen Bruder voller Stolz und warf immer wieder einen flüchtigen Blick auf die junge Dame die neben ihm stand. Jonathan grinste seinen Freund nur an und murmelte: „Ich habe es schon immer gewusst."
Die lange Schleppe schleifte hinter dem Paar her und Matt führte seine Braut voller Stolz und Freude nach Hause.

Kindergeschrei gefolgt von einer tiefen Männerstimme erfüllte die Luft. Mary legte die Nadel beiseite und trat auf die Veranda. Sie beobachtete Edward wie er mit seinem Neffen Jeffrey fröhlich durch den Garten stürzte. Dicht gefolgt wurde er jedoch von seiner Frau, die sich schon auf ihn stürzte und ihn fast zu Boden warf. Doch Edward konnte sich dank seines stattlichen Körpers auf den Beinen halten. Er hob sie hoch und gab ihr einen Kuss. Dann rannten sie beide Jeffrey hinterher.
Mary lachte und hielt sich dabei ihren runden Bauch, in dem ein weiteres Kind behütet heranwuchs. Da trat Matt ebenfalls auf die

Veranda und legte seine Hand von hinten um ihren Bauch. Sie drehte sich zu ihm um und er küsste sie. Sie grinste ihn an: „Dein Sohn könnte deine Hilfe gebrauchen, Matthew." Matt lächelte sie an und ihr gab ihr einen weiteren Kuss: „ich bin gleich wieder bei dir, Liebes." Schon stürzte sich Matt mit in das Getümmel und fing Jeffrey auf, um mit ihm auf seinen starken Armen davon zu rennen.

Mary lächelte: „Danke, Gott. Ich danke dir für alles was du getan hast."

Herstellung und Verlag:
BoD - Books on Demand, Norderstedt
ISBN 978-3-7412-5065-1